DIRK KURBJUWEIT

DER AUSFLUG

ROMAN

I

Als sie die Autobahn verließen, sagte Josef, wer als Erster einen Storch sehe, müsse sein Abendessen nicht bezahlen.

»Es gibt keine Störche mehr«, sagte Bodo.

»Hier schon«, sagte Amalia und ärgerte sich über ihren Ton. Die Schwester, die den kleinen Bruder belehrt. Das wollte sie längst nicht mehr sein.

»Warum hier schon?«, fragte Bodo, ohne Protest in der Stimme.

Er war schläfrig, da konnte er offenbar kleiner Bruder sein, dachte sie. »Oberschwester«, schob er nach, lächelte sie an.

»Weil sie hier ihre Ruhe haben«, sagte Gero. »Hier war nie was, hier ist nichts, und hier wird nie etwas sein.«

»Warum sind wir dann hier?«, fragte Bodo.

»Deshalb«, sagte Gero.

Weite Felder, gelb glänzend, von der tief stehenden Sonne mit Lack überzogen. In der Ferne ein Höhenzug, der kahl zu sein schien und bläulich schimmerte. Ein Mähdrescher kroch in einer Wolke aus Staub. Am Straßenrand wartete ein Traktor mit zwei leeren Anhängern. Der Fahrer schlief zusammengefaltet auf dem Sitz. Ein Raubvogel kreiste.

Josef drehte abrupt am Lenkrad, um einem Schlagloch auszuweichen, der Wagen brach nach rechts aus, Josef lenkte gegen, zu ruppig, der Wagen schlingerte, krachte in das nächste Schlagloch. Ein Klirren.

»Pass doch auf.«

»Sorry.«

Der Geruch von Alkohol breitete sich im Auto aus, einem neuen BMW, der bis zu diesem Moment nach seinen Ledersitzen gerochen hatte.

»Eine der Flaschen ist zerbrochen«, sagte Amalia und schaute in die Tasche, die zu ihren Füßen stand.

»Warum mussten wir auch Rotwein mitnehmen?«, fragte Gero.

»Weil wir hier keinen ordentlichen bekommen«, sagte Amalia.

»Nur Gülle«, ergänzte Bodo.

Sie beugte sich über die Tasche und zog die größeren Scherben raus.

»Mach das doch, wenn wir dort sind«, sagte ihr Bruder.

»Damit uns das Glas die Tüte zerschneidet und die Äpfel zermatscht?«

»Gibt's hier etwa auch keine ordentlichen Äpfel?«

Amalia schnaubte und zog weiter Scherben aus der Tasche.

Der BMW rollte durch ein Dorf, kleine, niedrige Häuser, die dringend einen Anstrich brauchten, Rost am Schmiedeeisen, das die Grundstücke begrenzte, gepflegte Gärten, angegraute Gardinen. Auf der Straße war niemand.

»Ein Storch«, sagte Bodo.

»Wo?«

Alle sahen aus den Fenstern.

»Rechts oben«, sagte Bodo.

Auf einem der Dächer stand ein Storch in seinem Nest.

»Wow«, sagte Josef und übersah das nächste Schlagloch, der BMW setzte scheppernd auf.

»Aua!«, schrie Amalia.

»Sorry.«

»Ich habe mich an der Scheißscherbe geschnitten.« Sie lutschte am Ballen ihrer rechten Hand, trotzdem tropfte Blut auf ihr Sommerkleid.

»Zeig mal«, sagte Bodo.

Sie reichte ihm ihre Hand, ein langer, tiefer Schnitt, viel Blut. Bodo zog sein T-Shirt aus und wickelte es um Amalias Hand.

»Hast du einen Verbandskasten?«, fragte er Josef.

»Ich bin Apotheker, Mann«, sagte Josef.

Er lenkte den BMW vor eine Toreinfahrt und hielt. Die drei Männer stiegen aus, Amalia blieb sitzen. Bodo öffnete ihre Tür links hinten, kniete sich neben die Schwelle.

»Bist du okay?«, fragte er.

»Es tut weh«, sagte Amalia, »es tut verdammt weh. Und wie soll ich mit der Hand paddeln?«

Josef holte den Verbandskasten aus dem Kofferraum. Bodo wollte ihn nehmen, aber das ließ Josef nicht zu. Er kniete sich neben Bodo und nahm Amalias Hand, untersuchte die Wunde.

»Fabian wäre das nicht passiert«, sagte er.

»Was?«, fragte sie erschrocken.

»Er wäre nicht zwei Mal in ein Schlagloch gekracht.«

»Hör auf.«

Schweigend verband er ihre Hand, sah Amalia nicht an. Sie schaute auf seinen Schädel, den er sich kahl rasiert hatte. Sie dachte an das dichte, wollige Haar von früher und wollte ihre Hand auf seinen Kopf legen, um den Unterschied zu spüren, zuckte zurück.

»Mir wäre wohler, wir würden die Wunde klammern«, sagte er. »Wollen wir zu einem Arzt fahren?«

»Auf keinen Fall, hier gehe ich nicht zu einem Arzt.«

»Hier gibt es gar keinen Arzt«, sagte Gero.

»Es tut mir so leid«, sagte Josef.

»Nicht deine Schuld«, sagte Bodo, »es war der Storch.«

Das Dorf lag still in der Sommersonne. Ein alter Mann fuhr mit einem klapprigen Fahrrad die Straße entlang. Im Anhänger lag ein totes Ferkel. Der Alte starrte sie an, Gero winkte. Keine Reaktion. Eine Gardine bewegte sich, der Storch stand reglos auf dem Dach, ein Bein angewinkelt.

Bodo stellte sich in die Mitte der Straße, beugte den Oberkörper zurück, stieß den linken Arm vor, machte eine Faust, als würde er einen Bogen umklammern, legte den Daumen und zwei Finger der rechten Hand aneinander, als hielte er das Ende eines Pfeils, führte die beiden Hände zusammen, zog dann langsam den rechten Arm zurück, als spannte er den Bogen, visierte den Storch an, sehr lange, korrigierte, blinzelte, korrigierte noch einmal.

»Schieß endlich«, sagte Gero, der am BMW lehnte und rauchte.

Bodo tat, als ließe er den Pfeil los und sähe ihm gespannt nach. »Getroffen.« Er ballte eine Faust.

»Störche stehen unter Naturschutz«, sagte Gero.

»Das war ein Pfeil mit einer Gummispitze.«

»Dein Glück.«

»Andererseits: Der Storch ist ein Scheißnazivogel.«

»Warum ein Nazivogel?«, fragte Gero.

»Rote Beine, roter Schnabel, schwarze und weiße Federn, die Farben der Hakenkreuzfahne.«

»Und der Fahne des Kaiserreichs«, sagte Amalia.

»Du weißt mal wieder Bescheid«, sagte Bodo.

»Meine Hand pocht wie ein Hammerwerk«, sagte Amalia.

»Ausgeschlossen, dass ich damit paddeln kann.«

»Die Wunde ist nicht da, wo du das Paddel hältst«, sagte Josef. »Es wird schon gehen.«

Der alte Mann kam zurück, der Anhänger war leer. Bodo postierte sich am Straßenrand und verbeugte sich schwungvoll. Der Alte nahm das aus den Augenwinkeln wahr, reagierte aber nicht. Josef verstaute den Verbandskasten im Kofferraum, die drei Männer stiegen ein. Sie fuhren weiter, parallel zu dem bläulichen Höhenzug.

Die Dörfer, die sie passierten, sahen mehr oder weniger gleich aus, eine Reihe kleiner Häuser links und rechts der Straße, dahinter eine zweite oder dritte Reihe, ein Gasthof, manchmal verlassen, manchmal nicht, geduckte Kirchen mit niedrigen, plumpen Türmen.

Es dämmerte. Plötzlich lag Nebel über den Feldern, weiße Flecken, dicht über dem Boden. Bodo begann leise zu singen:

»Auf unsrer Wiese gehet was, watet durch die Sümpfe,
Es hat ein schwarz-weiß Röcklein an und trägt rote Strümpfe,
Fängt die Frösche, schnapp, schnapp, schnapp,
Klappert lustig klapperdiklapp –
Wer kann das erraten?«

Er begann noch einmal, die anderen stimmten lachend ein, ahmten den klappernden Schnabel mit den Armen nach. Josef hupte dazu.

II

Es dämmerte, als sie vor dem Gasthof hielten, in dem sie Zimmer gebucht hatten. Er stand einsam an der Straße, umgeben von Bäumen, ein längliches Haus, zwei Stockwerke, ein spitzer Giebel in der Mitte. Blätternde Fassade, gelbliche Gardinen. Trunkenes Gejohle drang bis zum Parkplatz, der nahezu voll besetzt war.

»Feiern wir mit«, sagte Josef.

Sie holten ihre Taschen aus dem Kofferraum, gingen ins Haus. Holz an den Wänden, auf dem Boden Linoleum, das sich sanft wellte. Die Rezeption war nicht besetzt, Amalia drückte die Klingel. Sie warteten. Niemand kam. Das Gejohle aus der Gaststube, die hinter einer Tür lag, schwoll an, ebbte ab.

Bodo öffnete die Tür, verschwand, kam kurz darauf wieder.

»Lustig«, sagte er.

Sie warteten schweigend, bis endlich ein schmaler, kleiner Mann kam und sie einbuchte, ohne ein Wort zu sagen. Er schob ihnen Anmeldeformulare zu, drehte sich dann um zu dem kleinen Regal, wo die Zimmerschlüssel hingen, nahm einen Schlüssel, hängte ihn zurück, nahm einen anderen, machte eine Weile so weiter, als müsse er ein kompliziertes Rätsel lösen, dachte Amalia. Sie malte eine runde 5 und eine eckige 3, als sie ihre Adresse in das Formular eintrug, und ärgerte sich darüber. Bodo und Amalia teilten sich das eine Zimmer, Josef und Gero das andere. Die Bäder waren auf dem Flur.

Amalia war als Erste in der Gaststube. In einer Ecke stand ein großer Ofen mit grünen Kacheln, die Wände getäfelt, braunes Holz, das nach oben hin dunkler wurde, an der Decke fast schwarz war, gefärbt von Zigarettenqualm aus Jahrzehnten. Auf dem Boden lag auch hier Linoleum, das die Zeit gewellt hatte. Auf jedem Tisch eine Topfblume, die nach Plastik aussah. Hinter der Theke stand der Mann, der sie eingebucht hatte, und zapfte Bier, wobei er den Hahn nie abstellte, sondern mit flinken Händen eine große Zahl Gläser hin und her schob wie ein Hütchenspieler. Er ließ kurz Bier einlaufen, bis der Schaum fast über den Rand quoll, fegte das Glas mit einer schnellen Handbewegung weg, zog ein anderes herbei. Es war voll, es war laut. Fast nur Männer, stille Tische, lebhafte Tische, gut gefüllte Aschenbecher, dicke Luft. Neben der Tür saßen junge Leute, darunter Mädchen, und machten paarweise ein Trinkspiel. Sie stellten je ein Glas an die Längsseiten der Tische und warfen dann mit einem Tischtennisball nach dem Glas auf der anderen Seite. Wenn jemand ins Glas traf, musste es der Kontrahent in einem Zug leeren. Sie lachten und riefen sich Ermunterungen zu.

Amalia steuerte einen Tisch am Fenster an, sich der Blicke bewusst, die an ihren Beinen und ihrem Hintern klebten. Es war leiser geworden. »Be my guest«, dachte sie und setzte sich. Nach und nach kamen die anderen, Josef zuletzt. Plötzlich Stille, als würden alle Geräusche abgesaugt.

Amalia lächelte ihn an, lächelte, als wolle sie ihn damit an den Tisch lotsen.

»Dein Heimatlächeln« hatte er es einmal genannt. Was das heiße, hatte sie wissen wollen.

»Du willst mir zeigen, dass ich dazugehöre.«

»Tust du ja auch.«

»Sowieso«, hatte er gesagt, ein bisschen patzig, wie ihr schien.

Er setzte sich, Gemurmel, als müsse sich eine Ratsversammlung über die neue Lage austauschen, dann der alte Geräuschpegel.

Eine ganze Weile wurden sie nicht bedient, merkten es zunächst nicht, weil sie sich belustigt darüber austauschten, wie heruntergekommen ihre Zimmer waren, wie laut die Dielen knarzten.

Der Wirt stoppte den Bierfluss und stellte die vollen Gläser auf ein Tablett, mit dem er von Tisch zu Tisch ging. Nachdem er das Bier verteilt hatte, stellte er sich wieder hinter den Tresen, setzte sein virtuoses Zapfspiel fort.

»Entschuldigung, können wir etwas bestellen?«, rief Amalia.

Plötzlich war es still. Die Männer sahen zu ihnen herüber, harte, abschätzige Blicke. Der Wirt zapfte weiter, hatte Augen nur für seine Arbeit. Schaum stieg weiß die Gläser hinauf, als würde er von der nachfolgenden gelben Flüssigkeit gejagt. Manchmal blieb nur die Flucht über die Ränder.

»Wir haben Durst, wir haben Hunger«, sagte Amalia.

Noch ein Glas, noch eins, noch eins. Sie klirrten gegeneinander, der Lieblingssound der Durstigen, dachte Amalia, während sie sich ärgerte. Schließlich drückte der Wirt den

Hebel hoch, ganz langsam, betrachtete nachdenklich den dünner werdenden Strahl, die langen Tropfen, die kurzen, bis er sich losriss, einen Stift nahm und einen kleinen Kellnerblock. Damit trat er an den Tisch der vier, sagte nichts, ließ aber als Zeichen seiner Bereitschaft die Spitze seines Kugelschreibers über dem feuchten Block schweben.

»Schön, dass Sie sich die Zeit nehmen«, sagte Amalia.

Der Wirt sah sie ausdruckslos an.

»Haben Sie Rotwein?«, fragte sie.

»Ungarischen.«

»Gut, dann bringen Sie uns bitte eine Flasche von dem ungarischen Rotwein, eine große Flasche Mineralwasser und die Speisekarte.«

»Gibt es nicht.«

»Den ungarischen Rotwein, das Mineralwasser oder eine Speisekarte?«

»Speisekarte.«

»Aber es gibt etwas zu essen?«

»Bratkartoffeln mit Sülze oder mit Wienern.«

»Mehr nicht?«

»Mehr nicht.«

Sie sah resigniert in die Runde.

»Ich nehme Sülze«, sagte Bodo.

Sie bestellten zweimal Sülze, einmal Wiener, einmal nur Bratkartoffeln.

Den Rotwein fanden sie ungenießbar, hatten aber vorgesorgt. In Amalias Tasche steckten zwei Flaschen von dem Blauburgunder, den sie mitgebracht hatten. Sie öffnete eine davon verstohlen unter dem Tisch, schenkte allen ein, stellte die Flasche unter ihren Stuhl. Die vier machten dazu harmlose Gesichter wie bei einem Schülerstreich. Dann prosteten sie einander zu.

»Auf die Kanutour.«

Die Gläser klirrten.

»Seit wann können N… paddeln?«

Amalia stellte ihr Glas zurück auf den Tisch. »Wer hat das gesagt?«, rief sie.

Niemand schaute sie an. Gespräche, Gejohle, als wäre nichts geschehen.

»Wir gehen«, sagte Amalia und stand auf.

Josef zog sie am Arm zurück. Sie tauschten Blicke aus, die sie voneinander kannten. Sie wollte nicht hinnehmen, dass er beleidigt wurde, er wollte nicht der Grund dafür sein, dass ein Abend platzte. Amalia setzte sich wieder.

»Es ist in Ordnung«, sagte Josef, »das kennen wir ja.«

»Es ist nicht in Ordnung«, sagte Amalia, »sei nicht immer so defensiv.«

Josef hob sein Glas. Sie stießen noch einmal an und tranken.

Wie immer zu Beginn ihrer Ausflüge musste Josef erzählen, was sich in den vergangenen zwölf Monaten in ihrer Heimatstadt ereignet hatte, weil er der Letzte von ihnen war, der dort noch lebte.

»Jens ist tot«, sagte er.

Jens hatte in der Oberstufe einen Unfall mit seinem kleinen Motorrad gehabt. Er war abends im Podium gewesen, der Bar, wo sie alle hingingen, hatte getrunken und war weit nach Mitternacht mit Ralph auf dem Rücksitz nach Hause gefahren. An der großen Kreuzung bog er nach links ab, das

Stoppschild missachtend, wie der Fahrer eines Lastwagens später berichtete. Dieser Mann war auf dem Weg zur Möbelfabrik, hupte, bremste, konnte die Kollision aber nicht vermeiden. So stand es in der Zeitung. Ralph war sofort tot, Jens überlebte mit schweren Verletzungen, an deren Spätfolgen er nun gestorben war.

»Er war ständig bei mir, weil er ohne seine vielen Medikamente nicht lebensfähig war. Ohne Milz hast du auf Dauer ein Problem.«

Josef erklärte, aber Amalia hörte nicht mehr zu, war in eigene Gedanken vertieft. Jens war ihr fremd gewesen, sie hatte kaum etwas mit ihm zu tun gehabt, aber nun wurde sie von dem Gefühl beherrscht, dass Jens und sie Teil einer Reihe waren, in der jeder drankam: der Todesreihe. Da steht man in vielen Reihen, mit Freunden, Geschwistern, Studienkollegen und so weiter, das war ihr klar, aber jetzt war es die Schulreihe, die sie beschäftigte. Es hatte schon am Ende der Mittelstufe angefangen, Platz eins, die Eröffnung der Reihe, für Svenja, die sich eine Überdosis gespritzt hatte, eher aus Unkenntnis als aus Lebensmüdigkeit, dann Ralph, jetzt, auf Platz drei, Jens. Welche Nummer würde sie ziehen? Und Bodo? Und Josef? Und Gero? Plötzlich war sie so traurig, dass ihr Tränen die Wangen herunterliefen.

Bodo, der neben ihr saß, legte einen Arm um sie, zog sie zu sich heran.

»Hast du ihn so gemocht?«

Sie musste nicht antworten, weil das Essen kam. Sie aßen die öligen Bratkartoffeln, dazu die Wiener oder die Sülze. Amalia schenkte unter dem Tisch Blauburgunder nach, sie wurden fröhlicher, lauter. Einmal kam der Wirt und fragte, ob sie noch eine Flasche von dem ungarischen Wein haben wollten, aber Amalia sagte nein, sie würden nicht viel trinken, weil sie morgen einen Kanuausflug machen wollten.

Als er weg war, prusteten sie, lachten und kicherten.

Bodo ging zur Toilette, stellte sich danach an den Tisch neben der Tür und schaute beim Bier-Pingpong zu. Nach einer Weile fragte er, ob er mitspielen dürfe, und wurde nach kurzer Irritation akzeptiert. Er warf den Ball, traf nicht, verlor die Runde. Er trank sein Glas aus, gewann ein zweites Spiel, kehrte zurück zu seinen Freunden.

Sie löcherten Josef mit Fragen, wer bei ihm welche Medikamente holte, waren vor allem an den ehemaligen Mitschülern interessiert. Er zierte sich, berief sich auf seine Schweigepflicht, sie fragten und fragten, setzten Preise aus, nicht abwaschen müssen auf ihrem Ausflug, nicht die Zelte aufbauen. Keine Chance. Sie bohrten weiter.

»Okay, ohne Namen: Einer aus dem Abijahrgang musste einen Tripper behandeln lassen.«

Sie johlten so laut wie die Leute an den anderen Tischen. Jetzt musste der Name her.

»Ich paddele dich einen halben Tag lang durchs Delta, du musst keinen Finger rühren«, schrie Bodo.

Josef schüttelte den Kopf.

»Einen ganzen Tag.«

Nichts zu machen.

Die dritte Flasche war fast leer. Josef stand auf, wollte auf die Toilette gehen, aber als er nach der Türklinke griff, packte ihn ein Mann am Arm und zog ihn zurück.

»Du nicht.«

»Was heißt das?«, fragte Josef verdutzt.

»Du gehst hier nicht pissen«, sagte der Mann ruhig.

Josef löste seinen Arm aus der Umklammerung, stand unschlüssig da, langte noch einmal nach der Klinke. Der Mann schnellte von seinem Stuhl hoch und drängte sich zwischen Josef und die Tür.

»Hast du mich nicht verstanden?«

Gero, Bodo und Amalia sprangen auf und stellten sich neben Josef.

An dem Tisch nahe der Toilettentür saßen ein halbes Dutzend Männer. Fünf standen ebenfalls auf.

»Was soll das?«, rief Amalia.

»N… pissen draußen. Das ist alles.«

»Achten Sie auf Ihre Sprache«, sagte Gero.

»Meine Sprache«, sagte der Mann, »was hat das mit meiner Sprache zu tun?«

»Sie wissen genau, dass das N-Wort ein rassistischer Begriff ist.«

»Ich kenne kein N-Wort.«

Der Mann, der das sagte, trug eine ausgebeulte Cordhose, die von Hosenträgern gehalten wurde, dazu ein Flanellhemd. Auf seinem Kopf saß eine grüne Kappe mit der Aufschrift »John Deere«, darunter sprang, in Gelb, ein Hirsch. Rechts hatte der Mann ein großes, ovales Auge, links ein schmales, darüber eine hohe, faltige Stirn, trotz der Kappe gut zu sehen, da die vor allem den Hinterkopf bedeckte, der Schirm ragte steil auf. Eine große, großporige Nase, fleischige Lippen, das Kinn nicht wirklich Kinn, vielmehr ein breiter Hautlappen, der den Hals ein Stück weit bedeckte.

»Kennt ihr ein N-Wort?«, fragte er seine Trinkgesellen. Kopfschütteln. »Nie gehört.«

Immer mehr Gäste umringten sie, zwei hielten Baseballschläger in den Händen. Das Bierspiel hatte aufgehört, die Jugendlichen waren herangerückt.

»Warum darf mein Freund diese Toilette nicht benutzen?«, fragte Gero.

Die Männer grinsten, niemand sagte etwas. Bodo packte einen von ihnen, wollte ihn zur Seite drängen, steckte aber sofort in einer Zwangsjacke aus vielen Armen und Händen.

»Ihr Rassistenarschlöcher«, fauchte Amalia, hilflos schon, auf dem Rückzug.

Der Wirt kam hinter seiner Theke hervor, ging zur Tür und schloss sie ab. Den Schlüssel steckte er in seine Hosentasche.

»Die Toilette ist verstopft«, sagte er und stellte sich wieder hinter die Theke, um Bier zu zapfen.

Die Männer grinsten, setzten sich, das Bier-Pingpong ging weiter.

Amalia stellte sich vor den Wirt, schrie ihn an: »Was fällt Ihnen ein, meinen Freund daran zu hindern, zur Toilette zu gehen?«

Keine Reaktion.

Josef legte einen Arm um Amalias Hüfte, zog sie sanft weg.

»Lass es«, sagte er, »es bringt nichts, wir lassen uns dadurch nicht den Ausflug verderben.«

»Das können wir diesen Nazis nicht durchgehen lassen«, fauchte sie.

Jemand lachte laut auf.

Amalia blieb stehen, aber Josef drängte sie zurück zu ihrem Tisch.

»Lass uns wenigstens auf unsere Zimmer gehen, wir können hier nicht mit denen sitzen und trinken«, sagte sie.

Als sie zahlen wollten, berechnete ihnen der Wirt drei Flaschen Rotwein.

»Aber wir haben nur eine Flasche getrunken«, sagte Amalia.

»Es waren drei«, sagte der Wirt.

»Okay, es waren drei«, sagte sie, »aber zwei haben wir selbst mitgebracht.«

»Sie haben in diesem Gasthaus drei Flaschen Rotwein getrunken, also zahlen Sie auch drei Flaschen. Das ist auf der ganzen Welt so. Korkgeld heißt das.«

Amalia zahlte drei Flaschen.

Im Zimmer von Amalia und Bodo berieten sie, ob sie den Ausflug abbrechen sollten.

Gero war dafür, er wolle nicht »herumschippern, wo Nazis ihr Unwesen treiben«.

Josef sagte, sie dürften sich nicht einschüchtern lassen, und wahrscheinlich würden sie draußen auf den Flüssen keinem Menschen mehr begegnen.

Bodo schwieg, weil er bei wichtigen Fragen noch immer dazu neigte, auf die Meinung seiner großen Schwester zu warten, um ihr dann, je nach Laune, euphorisch zuzustimmen oder heftig zu widersprechen.

Sie glaubte, dass er ihr heute eher folgen würde, womit ihre Haltung den Ausschlag gab.

Sie sagte, dass sie für Bleiben sei. Erstens, da sei sie ganz

19

bei Josef, man dürfe vor Nazis nicht zurückweichen, keinen
Millimeter, und, zweitens, sehe sie ebenfalls keine Gefahren
auf den Flüssen.

»Bodo?«

»Wir bleiben.«

Gero widersprach nicht.

Als Amalia später aus dem Fenster schaute, sah sie, wie Josef
auf der Ladefläche eines weißen Pick-ups stand und pinkelte,
während er sich einmal um sich selbst drehte.

III

Um acht Uhr saßen sie im Auto, Bodo fuhr, weil er wissen wollte, wie es ist, »mit einem BMW herumzukacheln«. Josef war einverstanden. Amalia saß neben ihrem Bruder. Wiesen lagen blassgrün in der Morgensonne, Kornfelder blassgelb. Amalia, die kaum geschlafen hatte, nickte ein, wurde aber bald wieder wach, durch irgendetwas beunruhigt. Der BMW flog über die Landstraße, die ihr viel zu schmal vorkam für dieses Tempo, auch wegen der Bäume, die rechts und links in dichter Folge standen wie Wände. Amalia schaute auf den Tacho. 120.

»Fahr bitte langsamer«, sagte sie.

»Sorry.«

Ihr Bruder hob den rechten Fuß so abrupt, dass Protest mitschwang. Die Straße schien breiter zu werden, Amalia entspannte sich. Sie machte das Radio an, lautes Rauschen, suchte einen Sender, fand keinen.

Die Allee mündete in einen Wald, plötzlich Düsternis, die Straße verengte sich, wurde einspurig. Ein wilder Wald, viel Unterholz, viel Gestrüpp, Farne, die nach der Straße griffen, ohne sie berühren zu können. Hinter einer Biegung lehnte ein Kranz gegen einen dicken Baumstamm, davor Kerzen, verwelkte Blumen, ein Foto.

»Halt an«, sagte Amalia.

Bodo stieg auf die Bremse, das Auto stand im Nu.

»Musste das sein? Fahr mal ein Stück zurück.«

Ihr Bruder legte geräuschvoll den Rückwärtsgang ein, setzte mit dem Auto zurück, hielt neben dem Kranz. Amalia betrachtete das Foto, ein junger Mann, kurzer Haarschnitt, ein liebes Lächeln.

»Und?«, fragte Josef.

»Das Übliche«, sagte Amalia. »Fahren wir weiter.«

Sie schaute auf ihr Handy. »Kein Empfang mehr«, sagte sie, »das GPS ist tot.«

Die anderen sahen auch auf ihre Handys. Überall dasselbe.

»Mist!«

»Und jetzt?«

»Hänsel und Gretel verirrten sich im Wald.«

»Hat sich zufällig einer den Weg eingeprägt?«

»Ich nicht.«

»Ich auch nicht.«

»Nö.«

»Gut gemacht«, sagte Amalia.

»Das ist doch dein Job«, sagte Josef zu Amalia.

»Warum eigentlich?«

»Weil du …«

»Lass sie«, sagte Bodo. »Wir finden den Bootsverleih schon.«

Warum war Josef so aggressiv ihr gegenüber, fragte sich Amalia. Es war seltsam, mit ihm hier in diesem Auto zu sitzen, ihn nicht zu sehen, aber zu spüren, dass er da war, hinter ihr saß.

Ein Jahr lang hatte sie Josef nicht gesehen, seit ihrem letzten Ausflug, der sie nach Südtirol geführt hatte, drei Tage nicht allzu anspruchsvolles Wandern in den Bergen. Seither trafen manchmal tief in der Nacht Mails von ihm ein, seltsame Mails, in denen er beschrieb, was sie verpassten, Sex, aber nicht nur, eher undeutlich beschrieben, verschämt, ein bisschen verworren. Es las sich, als habe er in eine seiner tausend Schubladen gegriffen und Drogen entnommen. Kurze Mails, ohne Anrede, ohne Abschiedsgruß. Wie ein Aufflackern, aus dem Nichts kommend, im Nichts verschwindend. Sie antwortete nicht, aber es verging kein Morgen, an dem sie nicht durch die Mails scrollte in der Hoffnung, er könnte ihr geschrieben haben. Meist wurde sie enttäuscht.

Dann hatte sie ihm ein Foto geschickt, aus einer Laune heraus. Sie war mit einer Freundin in einem georgischen Restaurant essen gewesen, hatte mit ihr eine Flasche Rotwein getrunken, danach je zwei Gläser offenen Rotwein, zum Schluss je ein Schnaps, vom Besitzer des Restaurants ausgegeben, und dann stand sie gegen Mitternacht angeheitert vor dem Spiegel im Bad und putzte sich die Zähne, nur mit einem schwarzen Höschen bekleidet. Ihr gefiel, was sie sah, und deshalb fotografierte sie sich mit dem Handy, das sie auf das Waschbecken gelegt hatte, weil sie mit ihrer Freundin per SMS rückblickend den wunderbaren Abend feierte. Blitzschnell, ganz bewusst bevor sie nachdenken konnte, sendete sie das Foto an Josef.

Dann erst schaute sie sich das Bild an, dabei die Zähne putzend. Ihre Brüste, der Griff der Zahnbürste, der seitlich aus ihrem Mund ragte, weißer Schaum auf ihren Lippen.

Albern. Sie warf das Handy fort, aber ohne Wucht und genau auf den Stapel mit den Handtüchern gezielt. Dort ließ sie es liegen und ging zu Bett.

Am nächsten Morgen eilte sie sofort zu ihrem Handy. Keine Reaktion von Josef, auch an den nächsten Tagen nicht. Enttäuschung und Erleichterung. Ein paar Wochen später kam eine Mail, undeutlich, verschämt, verworren, aber was auch immer sich da in Josefs Worten zwischen ihnen abspielte, es passierte eindeutig in einem Badezimmer.

Nach einer Weile fuhren sie auf ein kleines Auto zu, in dessen Heckfenster ein weißes, rundes Schild klebte. »25« stand darauf in schwarzen Ziffern, ungefähr das Tempo, mit dem das Gefährt unterwegs war. Bodo drückte auf die Hupe, einmal, zweimal, dreimal. Kurze Pause, dann noch einmal.

»Du siehst doch das Schild«, sagte sie.

»Der könnte wenigstens weiter rechts fahren, damit ich vorbeikomme. Aber der hält stur die Mitte.«

Bodo hupte noch einmal.

»Hör auf«, sagten Josef und Amalia fast gleichzeitig.

Das Flackern der Lichthupe spiegelte sich im Heck des Autos, das unbeirrt sein Schneckentempo hielt.

Bodo machte einen plötzlichen Schlenker, gab Gas, die linken Räder rumpelten über den Waldboden, drückten den Farn nieder, dann, knapp vor einer Karambolage, brach er das Manöver ab. Die Lücke war nicht groß genug, der Fahrer des kleinen Autos hatte kein bisschen Platz gemacht.

»Easy, Mann«, sagte Josef.

»Mach das nicht noch mal«, sagte Amalia und schob die Hände unter ihre Oberschenkel, weil sie so zitterten.

»Tut mir leid«, sagte er.

Sie schlichen weiter durch den Wald. Die Zeit schien sich dem Tempo des kleinen Autos anzupassen, zäh tropften die Minuten dahin. Amalia schaute auf ihr Handy, kein Empfang.

»Warum dürfen die nur fünfundzwanzig fahren?«, fragte Gero.

»Schwachsinnige, Alkoholiker, Behinderte«, sagte Bodo. »Das sind Krankenfahrstühle, die wie Autos aussehen.«

Endlich erreichten sie den Waldrand, die Straße wurde wieder zweispurig, Bodo gab Gas und zog an dem kleinen Auto vorbei. Amalia blickte nach rechts, sah einen dicken Mann, der nach vorn starrte, dann seinen Kopf drehte, ein flächiges Gesicht, kleine Augen, die sie überheblich anschauten, als hätten Bodo und sie ein Rennen verloren. Der gleiche Blick aus dem Gesicht einer Frau, die nach vorn gebeugt auf dem Beifahrersitz hockte.

Sie flogen vorbei, Kornfelder rechts und links, keine Wolke am Himmel. Amalia lugte nach dem Tachometer, 90, 100, 120. Ihre Hände waren unter die Oberschenkel geklemmt. Endlich nahm ihr Bruder den Fuß vom Gas, 110, 100, 90. Bei 90 blieb es.

»Danke.«

»Ich musste die loswerden«, sagte Bodo und schaute in den Rückspiegel.

Als sie an eine Kreuzung ohne Beschilderung kamen, hielt Bodo an.

»Und jetzt?«, fragte Josef.

»Keine Ahnung.«

»Wir hätten vorher mal auf die Karte schauen können, Bruder.«

»Was für eine Karte?«

»Eine Landkarte.«

»Einen Faltplan, so wie früher? Den wir, wenn er einmal entfaltet war, nie so zusammenfalten konnten, wie man ihn hätte falten müssen, was Papa wahnsinnig ärgerte? Meinst du so eine Karte?«

»Genau die. Irgendwann hatten wir so viele Falten hineingefaltet, dass nicht einmal Papa die ursprünglichen Falten wiederfand.«

»Worauf er vor Wut immer mehr Gesichtsfalten bekam.«

Sie lachten.

»Alle mal wegschauen«, sagte Amalia.

Sie stieg aus, ging ein paar Schritte ins Feld und hockte sich hin. Als sie sich wieder aufgerichtet hatte, sah sie aus der Ferne das kleine Auto heranrollen.

»Fragen wir mal die Krankenstuhlfahrer«, rief sie ihrem Bruder zu, der konzentriert in den Rückspiegel schaute.

Sie stellte sich an den Straßenrand, hörte ein anschwellendes Tuckern, offenbar ein Zweitakter, ein Auto mit einem Mopedmotor, dachte sie und spürte Mitleid. Sie winkte, keine Reaktion. Rechts sah sie ein schmales Wasserband in der Sonne schimmern.

Amalia machte zwei Schritte auf die Straße, hob und senkte beide Arme synchron, damit der Fahrer die Geschwindigkeit drosselte. Das tat er jedoch nicht, sondern schnürte unbeirrt auf der rechten Spur heran, sodass Amalia zur Seite hechten musste, um nicht erfasst zu werden. Bodo sprang aus dem Auto, rannte die paar Schritte auf die Kreuzung zu, wohl in der Hoffnung, der Fahrer würde dort vom Gas gehen, was der jedoch nicht tat. Das kleine Auto bog schaukelnd nach links ab und tuckerte davon. Bodo sprintete hinterher, musste aber bald einsehen, dass fünfundzwanzig Stundenkilometer auf Dauer zu schnell sind für einen Läufer. Keuchend kam er zurück.

»Der wollte dich umbringen«, sagte er.

»Oder er hatte Angst«, sagte Josef.

IV

Eine Stunde später, nach einigen Umwegen, kamen sie am Bootsverleih an. Der Parkplatz, eine Wiese, von einem Holzzaun umgeben, war leer. Sie stiegen aus, streckten sich, die Männer mit knackenden Knochen, und holten das Gepäck und die Zelte aus dem Kofferraum.

Der Bootsverleih lag einsam zwischen Wald und Fluss an einem kleinen Hafenbecken, ein schlichtes Wohnhaus, vor nicht allzu langer Zeit aus roten Ziegelsteinen erbaut, ein Kassenhäuschen, ein offener Bootsschuppen, aus dunklen Brettern grob zusammengezimmert. Ein Storch aus Holz, der lebensgroß im Boden steckte. Daneben verrottete ein löchriger Kahn.

Hinter dem Kassenhäuschen saßen ein Mann und eine Frau an einem Campingtisch, beide hager, die Frau größer als der Mann, soweit Amalia das erkennen konnte. Sie tranken Bier aus Gläsern, die aber im Moment mit Bierdeckeln zugedeckt waren. Die Flaschen standen im Schatten unter dem Tisch, auf dem eine bunte Plastikdecke lag. Eine Fliegenklatsche, ringsum erschlagene Wespen. Amalia fragte sich, ob die Frau in dem Autochen gesessen hatte.

»Guten Morgen, wir haben zwei Kanus reserviert«, sagte sie. »Name?«

»Winterscheidt.«

Die Frau erhob sich und ging zum Kassenhäuschen, öffnete eine Tür, trat ein, schloss die Tür. Dann saß sie hinter der Fensteröffnung und glitt mit dem Zeigefinger über eine Liste, die mit der Hand geschrieben war.

»Dort«, sagte Amalia und zeigte auf die Zeile, in der ihr Name stand. »Aber mit d-t.«

»Was?«

»Mit d-t, Winterscheidt, schreibt sich mit d-t.«

Die Frau setzte eine Brille auf und malte ein d vor das t.

»Nicht dort, vor das zweite t.«

Die Frau sah sie an.

»Vor das t am Ende, nicht das t in der Mitte.«

Die Frau legte den Stift weg. »300«, sagte sie.

»Jetzt?«

»Jetzt.«

»Am Telefon hatten Sie gesagt, dass man hinterher bezahlt.«

»Vorher.«

»Sie hatten ›hinterher‹ gesagt.«

Schweigen.

Amalia holte ihre Geldbörse hervor und gab der Frau 300 Euro.

»Und 500 Euro Kaution für zwei Boote.«

»Davon war nicht die Rede«, sagte Amalia.

»Boote werden beschädigt, Boote kommen weg.«

Amalia schaute zu dem Mann am Tisch, als könne von ihm Hilfe kommen. Er hatte die Fliegenklatsche genommen und belauerte eine Wespe, die sein Bierglas umkreiste. Der Tisch war übersät mit zerquetschten Wespenleichen.

Geschickt schlug er zu, als sich die Wespe kurz auf dem Tisch niederließ. Eine Leiche mehr.

»Das ist nicht erlaubt«, sagte Amalia.

Der Mann sah sie fragend an.

»Man darf keine Wespen erschlagen, das kann Sie 5000 Euro Strafe kosten.«

»Das sollen Wespen wert sein?«, sagte der Mann.

Amalia war nicht ganz klar, wie er das meinte. Sie sammelte das Geld für die Kaution ein und klatschte der Frau 500 Euro hin. Die zählte nach, pfiff anschließend mit vier Fingern im Mund. Eine Weile passierte nichts, dann erhob sich ein Mann aus der ungemähten Wiese neben dem Bootsschuppen. Er war blond, trug eine kurze Hose, ein verschlissenes Hemd und Sandalen. Verschlafen schaute er sich um, setzte sich dann eine Halbbrille auf. Mit einem Finger drückte er sie nach oben, bis sie auf seiner Nasenwurzel saß.

»Peter, die zwei und die drei«, rief die Frau.

Der Mann mit der kurzen Hose schlenderte zum Schuppen und wiederholte dabei: »Die zwei und die drei, die zwei und die drei.«

»Haben Sie eine Landkarte mit den Flüssen?«, fragte Amalia die Frau.

»Den Fließen?«

»Meinetwegen den Fließen.«

Die Frau reichte Amalia durch die Fensteröffnung einen Kartenausschnitt, der in Plastik eingeschweißt war. Grün für das Land, rot für ein paar Siedlungen, blau für die Fließe, die sich wie Adern durch das Grün zogen, ein Hauptstrom, eine Unzahl von Verästelungen.

»Drei Euro«, sagte die Frau.

»Und drei Päckchen Erdnüsse.«

»Zusammen 7 Euro 47.«

Sie gab der Frau einen Zehn-Euro-Schein, aber die konnte nicht wechseln, weshalb Amalia bei den Männern Kleingeld einsammelte. Es reichte knapp.

Der Mann, der Peter hieß, zerrte ein Kanu von einem Regal und warf es ins Wasser des Hafenbeckens, dann ein zweites. Beide waren alt und klobig. Amalia sah zum Schuppen, in dem neue Boote lagen.

»Warum müssen wir diese Seelenverkäufer nehmen?«

Peter senkte seinen Kopf, um Amalia über den Rand seiner Brille hinweg anschauen zu können. Sie sah eine Grimasse, die sie nicht deuten konnte.

»Können Sie uns nicht zwei neue Boote geben?«, fragte sie die Frau, die wieder am Campingtisch stand und Bier trank.

»Die sind alle reserviert.«

»Wirklich alle?«, fragte Bodo.

»Alle.«

»Aber es ist doch niemand da.«

»Die kommen noch.«

Sie standen am Beckenrand und schauten ratlos auf die Boote. Immerhin schienen sie dicht zu sein, der Boden blieb trocken, war aber dreckig, schmierig. Spinnweben zogen sich hoch bis zu den Sitzbänken.

»Können wir einen Lappen haben?«, fragte Amalia.

»Peter«, sagte die Frau und wies mit ihrem Kinn zum Schuppen.

Er ging zum Bootsschuppen und kam mit drei Lappen zurück. Einen reichte er Josef, einen Amalia, einen behielt er.

Sie knieten sich auf den Beckenrand und putzten das Innere der Kanus, Josef das eine, Peter und Amalia das andere. Spinnen eilten panisch davon, wurden von Lappen erwischt und zerdrückt. Peter sah sich manchmal verstohlen nach Josef um. Der Geräusch der Fliegenklatsche auf dem Campingtisch.

»Wer fährt mit mir?«, fragte Bodo.

»Ich«, sagte Amalia und kam damit Gero zuvor. Denn sonst hätte sie mit Josef in das andere Kanu steigen müssen, und das wollte sie nicht, nicht gleich zu Beginn. Bodo setzte sich ins Heck, sie sich in den Bug, Peter reichte ihr ein Paddel, mit dem sie sich vom Ufer abstieß. Sie trieben durch das kleine Hafenbecken, bis die anderen bereit waren. Bevor sie lospaddelte, drehte sich Amalia zu Peter um und winkte, worauf er leicht eine Hand hob, als wollte er zurückwinken, senkte sie aber wieder.

V

Am Anfang fuhren sie zickzack, weil Amalia und Bodo ihr Paddel zunächst auf derselben Seite eintauchten, rechts, dann beide nach links wechselten, um den Drall des Boots nach links aufzuhalten, worauf es sich wieder nach rechts drehte. Es dauerte etwas, bis sie sich auf die Seiten geeinigt hatten, Amalia rechts, Bodo links. Dann stritten sie darum, wer den Takt vorgeben würde. Sie sagte, natürlich sie, weil sie vorn sitze. Er kam ihr mit Sportschau-Wissen und sagte, in den Rennbooten bestimme der, der hinten sitzt, den Schlag, weshalb er auch Schlagmann heiße.

»Schlagfrau«, sagte Amalia.

»In Männerbooten Schlagmann.«

»Wir sind kein Männerboot.«

»Auch kein Frauenboot.«

Ein kleiner Stoß, der Bug hatte das Flussufer gerammt, weil jeder in seinem eigenen Takt gepaddelt hatte.

»Siehst du«, sagte Amalia.

»Deine Schuld.«

Sie stießen sich vom Ufer ab und richteten das Boot neu aus. Gero und Josef sahen ihnen grinsend zu.

»Sitzt der Schlagmann hinten oder vorn?«, fragte Bodo die beiden.

»Die Schlagfrau«, sagte Amalia.

Beim Rudern säßen die Leute im Boot rückwärts, sagte Josef, weshalb der Schlagmann oder die Schlagfrau hinten sitze, damit alle ihn oder sie sähen und seinem, ihrem Takt folgen könnten. Beim Paddeln schauten sie in Fahrtrichtung, also sitze der Schlagmann vorn.

»Oder die Schlagfrau«, sagte Amalia.

»Oder die Schlagfrau«, wiederholte Josef, ohne sie anzuschauen.

»Siehst du«, sagte Amalia zu Bodo.

»Was sehe ich?«

»Du musst mir folgen, denn wir sitzen ja wohl in einem Paddelboot.«

»Eben. Deshalb musst du mir folgen.«

»Quatsch. Ich bin vorn.«

»Nein, ich.«

Irritiert sah sie sich nach ihm um und entdeckte, dass er sich um 180 Grad gedreht hatte und nun in die andere Richtung schaute.

»Blödmann. Hier ist der Bug.«

»Beweise?«

Tatsächlich unterschieden sich Bug und Heck nicht oder nur so geringfügig, dass Amalia keinen Unterschied ausmachen konnte.

»Ich bin älter«, sagte sie.

»Damit bist du mir immer gekommen.«

»Und ich hatte immer recht.«

»Na gut, ich folge dir«, sagte Bodo und drehte sich um, diesmal nicht vorsichtig, sodass ihr Kanu bedenklich schaukelte. Dann fuhren sie weiter, brauchten eine Weile, bis sie

ihre Bewegungen aufeinander abgestimmt hatten und sie
ihr Paddel nicht mehr unbeholfen in den Fluss tauchten, als
wollten sie es dort hineinstecken, sondern es in einem flüs-
sigen Rhythmus durchs Wasser gleiten ließen.

Der Fluss war nicht besonders breit, drei Bootslängen ungefähr. Sanfte Krümmungen, ein mit großen Steinen befestig-
tes Ufer, dahinter Gestrüpp, dann Wiesen, die sich endlos
dehnten. Sie paddelten schweigend, jeder noch mit seinen
Bewegungen beschäftigt. Amalias verbundene Hand begann
zu pochen, tat aber nicht weh. Josef hatte recht, das Paddel
berührte den Schnitt nicht.

Sie merkte, wie ihr Bruder versuchte, sie in eine höhere
Schlagzahl zu drängen, indem er ihrem Takt voraus war, sein
Paddel früher eintauchte und schneller durchzog. Das sorgte
für Unruhe im Boot, weshalb Amalia ihn mehrmals ermahnte,
sich nach ihr zu richten. Aber sie wusste auch, was ihn trieb:
Das andere Kanu fuhr voraus, und Bodo wollte den Ausflug
erwartungsgemäß in ein Rennen umwidmen, das er natürlich gewinnen musste. Amalia blieb geduldig bei ihrem Takt,
wollte erst einmal ausloten, wie ihr Körper das Paddeln auf-
nahm, wie viel Kraft ihr abverlangt wurde. Im Moment fühlte
es sich gut an.

Josef hatte sein Hemd ausgezogen, saß mit nacktem Oberkörper im Boot. Mit Genuss betrachtete sie das Spiel seiner
Rückenmuskeln, aber als er sich nach ihr umdrehte, blickte
sie rasch weg.

Ein Haus am Ufer, noch ein Haus, ein Dorf. Die Grundstücke reichten bis zum Wasser, jedes besaß einen Steg oder eine

kleine Bucht für Kähne und Boote. Gemähter Rasen, die Häuser klein, roter Backstein, einige neu, im Stil der alten gebaut, aber insgesamt glatter, schlichter, die Fenster ohne Kreuz, die Dächer mit glänzend-blauen Schindeln gedeckt. »Warum auf einmal blau, nach Jahrhunderten in Rot?«, fragte sich Amalia. Blumenkästen an den Fenstern, Farbenpracht, eine kleine Bambifamilie aus Plastik im Gras, ein Hund, der bellend an seiner Kette zerrte. Kinder spielten in einem Baumhaus, eine Frau, die klobige Handschuhe trug, kniete vor einem Beet und machte sich in der Erde zu schaffen. Sie blickte kurz auf, als die beiden Boote vorüberglitten.

»Schönen guten Tag«, rief Gero.

Keine Antwort.

Im letzten Haus stand ein Gartenzwerg direkt am Ufer. Er blickte zum Wasser, seine Hosen hatte er runtergelassen, sein Glied war erigiert und so rot wie seine Wangen, so rot wie die Zipfelmütze auf seinem Kopf, auch ungefähr so lang und seltsamerweise mit dem gleichen Linksdrall. Ein freches Grinsen im Gesicht.

»Was sagst du dazu?«, fragte Bodo.

»Ich frage mich, ob du dich gerade mit dem Zwerg vergleichst«, sagte sie.

Sie hörte, wie sein Paddel blitzschnell über das Wasser glitt, dann war ihr Rücken kalt und nass. Sie schrie auf, drehte sich um und wollte Bodo nassspritzen, hielt aber das Paddel zu schräg, sodass das Blatt ins Fließ schnitt und sie fast aus dem Boot gehebelt wurde. Ihr Bruder blieb trocken. Beim nächsten Versuch machte sie es besser, das Blatt wischte über das Wasser, und Bodo wurde kräftig geduscht. Revanche folgte auf Revanche, bis beide klitschnass waren.

Sie legten lachend an, direkt beim Gartenzwerg, stiegen aus und schöpften ihr Boot mit zwei Campingbechern leer. Als sich Amalia umzog, meinte sie eine Bewegung hinter der Gardine des Hauses wahrzunehmen, ein Haus mit einem blauen Dach. Sie schaute genauer hin, sah nichts, wandte sich gleichwohl ab und streifte schnell ihren Bikini über. Als sie wieder im Boot saßen und Gero und Josef folgten, die ein Stück vorausgepaddelt waren, hatte Amalia die gute Laune verloren, mit der sie gestartet war. Missmutig suchte sie nach einem schnellen Rhythmus, um die anderen einzuholen.

»Schau mal«, sagte Bodo.

Sie drehte sich um und sah einen Mann auf dem Grundstück mit dem Gartenzwerg stehen. Er schaute ihnen nach.

»Der Typ stand die ganze Zeit am Fenster und hat uns zugeguckt«, sagte sie.

Nach einer Stunde, als sich Amalias Arme schon ein bisschen schwer anfühlten, zweigte ein kleines Fließ vom Hauptfluss ab. Sie schaute auf die Karte, die nicht besonders genau war, eher grob, wie von Hand gezeichnet. Man hatte sie laminiert, und die Hülle war an vielen Stellen gebrochen, nun lagen die Bruchlinien wie ein zweites Delta über dem Flussdelta, was es noch schwerer machte, sich zu orientieren. Aber als Amalia diese Reise geplant hatte, war es ihr ohnehin nicht um eine bestimmte Route gegangen, sie wollte tief rein ins Delta, stets den Abzweig nehmen, der mehr landschaftliche Schönheit, mehr Einsamkeit versprach. Am Ende würde sie ihre kleine Reisegruppe schon irgendwie wieder rauslotsen. Mit Orientierung kannte sie sich aus, oder etwa nicht? Ja, trotz allem.

Sie zeigte nach rechts, und die beiden Kanus glitten in das Fließ hinein. Es war höchstens anderthalb Bootslängen breit und nicht tief. Amalia sah den Grund, eine grau-schlammige, bucklige Landschaft, nicht unbedingt einladend. Am Wasser hatte sie immer der Boden geekelt, diese oft weiche Masse, die Füße verschlingen konnte. Sie hielt den Blick oben, genoss die Landschaft. Libellen schwirrten um die Boote, kleine, blaue Vögel schnellten vorbei. Stille, das lauteste Geräusch, das sich vernehmen ließ, war das Plätschern des von den Stechpaddeln aufgewühlten Wassers. Fische, klein und flink.

Gelegentlich kollidierten die Boote leicht, weil die vier Passagiere noch nicht genau verstanden hatten, wie man sie steuerte, aber das machte nichts. Einmal berührte Amalias Arm den von Josef.

In Gedanken kehrte sie zu seiner Hochzeit zurück, vor einem Jahr, kurz nach ihrem Ausflug nach Südtirol. Sie nannten diese Reise seinen Junggesellen-Abschiedsausflug, aber dieser Name war alles, was an das bevorstehende Ereignis erinnerte. So hatte Josef es sich ausbedungen, keine Albernheiten, wie er sagte. Amalia war das recht. Es wurde nicht einmal viel über die Hochzeit gesprochen, vielleicht ihretwegen, dachte sie auf einer Wanderung zu einer Burgruine und war verärgert. Warum musste man sie schonen? Sie hatte kein Problem damit, wirklich nicht. Beim Mittagessen im Schatten der Ruine schlug sie das Thema Hochzeit an, stieß aber nicht auf Interesse. Dann eben nicht.

Nach drei Tagen flog Josef nach Hause, um seine Braut und seinen kleinen Sohn zu holen. Die drei anderen reisten mit dem Auto nach Mailand, wo sie zwei Tage blieben, um von dort quer durch Norditalien an den Comer See zu fahren, nach Lenno, ins Hochzeitshotel. Es war gut ausgesucht, fanden sie, lag direkt am Wasser, hier eine Seltenheit, weil fast überall die Uferstraße wie ein Sperrriegel, wie eine Wand aus Lärm vor dem See lag. Abends saßen sie auf der Terrasse, aßen überraschend schlecht und schauten auf die Lichter von Bellagio am gegenüberliegenden Ufer.

Nach und nach füllte sich das Hotel mit den Hochzeitsgästen, viele aus ihrem Heimatort. Amalia plauderte sich durch die Tage und Abende dem Fest entgegen. Nur einmal war sie schlechter Stimmung, als die gesamte Gesellschaft einen Ausflug mit einem Schiff machte und fast alle spekulierten, welche der spektakulären Villen am Ufer George Clooney gehören mochte.

»Dort oben ist übrigens die Villa, in der Konrad Adenauer Urlaub gemacht hat«, sagte sie beiläufig, als das Schiff Cadenabbia passierte.

Ihrem Kleid für die Feier konnte man nicht vorwerfen, dass sie damit in Konkurrenz zur Braut treten wollte. Das hatte sie so ausgesucht, wollte erst gar nicht in diesen blöden Verdacht kommen. Schlicht, fast ein wenig unvorteilhaft, wenn man genauer hinschaute. Gegenüber der Braut, die sie hier erst kennenlernte, verhielt sie sich freundlich, beinahe liebenswürdig. Als Bodo sie fragte, was sie von ihr hielte, sagte sie, dass man Josef vertrauen müsse. Weiter ließ sie sich auf dieses Gespräch nicht ein. Die Feier war wundervoll, Amalia tanzte viel mit ihrem Bruder, manchmal mit Gero, genoss die wilde Nacht am See, später auch im See.

Für den folgenden Tag, als alle matt in den Liegestühlen dösten und sich nur bewegten, um kurz ins Wasser zu tauchen, wählte sie einen Bikini, der ihre Figur aufs Schönste betonte. Damit zeigte sie sich von morgens bis abends, während sich Josefs Gattin permanent in Tücher hüllte, außer wenn sie baden ging. Ein herausragendes Abendkleid hätte man Amalia vorwerfen können, fand sie, aber ihren Körper hatte sie sich nicht selbst ausgesucht, also konnte sie ihn auch zeigen, ohne dass man das als Kampfansage verstehen musste. Man konnte sie ja wohl nicht in Tücher zwingen, wenn sie keine Tücher nötig hatte.

Josefs Kind, drei Jahre alt, ging sie aus dem Weg. Aber dann musste sie doch eine halbe Stunde mit ihm verbringen, als sie eines frühen Nachmittags alleine im Garten las und Josef mit seinem Sohn vorbeikam, auf dem Weg zur Eisdiele, die an der Uferpromenade lag. Sie plauderten kurz, dann fiel ihm ein, dass er sein Telefon im Zimmer vergessen hatte. Ob sie kurz auf Jomo aufpassen könne. Was sollte sie da sagen?

Also richtete sie sich auf, damit Jomo Platz auf der Liege fand. In kindlicher Vertrauensseligkeit überschüttete er sie mit kleinen Erzählungen aus seiner Welt, die Amalia mit gespieltem Erstaunen oder Begeisterung quittierte. So machte man das wohl. Nach zehn Minuten war Josef immer noch nicht zurück im Garten, auch nicht nach einer Viertelstunde. Der Junge redete und redete, hatte inzwischen eine Hand auf Amalias Bein gelegt, als brauche er eine körperliche Verbindung, um ihr seine kindlichen Geheimnisse anvertrauen zu können. Sie schaute auf ihre Uhr, zwanzig Minuten, fünfundzwanzig. Was machte Josef so lange in seinem Zimmer? War dort auch seine Frau? Wollte er Amalia absichtlich mit seinem Kind konfrontieren? Nach einer guten halben Stunde,

Jomo lag inzwischen auf Amalia, kam Josef zurück, äußerte sich nicht dazu, was ihn aufgehalten hatte, bedankte sich kurz und ging mit seinem Sohn zum Eisessen. Amalia brauchte ein paar Minuten, um sich zu sammeln, um weiterlesen zu können.

Nach einer Weile paddelten sie auf einen Tunnel aus Bäumen zu. Links und rechts des Fließes standen Pappeln direkt am Ufer. In dichter Folge ragten sie empor in den Himmel, wo sich ihre Wipfel einander zuneigten, sodass sie ein Dach bildeten. Als die vier hineinfuhren, wurde es dunkel. Sie waren nicht mehr draußen in der Natur, sie waren drinnen, umhüllt von einem natürlichen Gebäude, das aber auch ein Wesen sein konnte, fand Amalia, die plötzlich ergriffen war, sich im Boot zurücklegte und nach oben schaute, zu den Wipfeln. Bald lagen sie alle in den Booten, ihre Beine baumelten über die Bordwand, die Füße ins kühle Wasser getaucht. Amalia hatte ihren Kopf auf Bodos Schoß gebettet, die Augen waren geschlossen, aber nie für lange, weil sie wieder in die Wipfel schauen, sich von Ehrfurcht packen lassen wollte. Eine Libelle setzte sich auf die Kühltasche, die im Bug stand, blaue Flügel, ein blau schimmernder Leib. Amalia streckte ihr eine Hand entgegen, langsam, freundlich, aber die Libelle flog auf, drehte sich durch die Luft wie ein trudelnder Hubschrauber, wobei die beiden Flügel nicht im Gleichtakt schlugen, sondern jeder in einem anderen Rhythmus, als gäbe es zwei Libellen in einer oder ein Tier mit zwei Willen. Amalia schaute nach Josefs Boot, es trieb ein Stück voraus quer zum Fließ. Wieder schloss sie die Augen, schlief ein.

Als sie aufwachte, lagen die Boote nebeneinander, trieben Bord an Bord auf das Ende des Tunnels zu. Ein unangenehmer Geruch hatte sie geweckt. Ihre Beine juckten, ihre Arme, alles. Josef saß aufrecht in seinem Kanu und rieb sich mit skandinavischem Insektenöl ein.

»Willst du?«

Er reichte ihr die Flasche. Amalia nahm sie, ließ Öl auf ihre rechte Hand tropfen, gab die Flasche zurück.

»Geht's dir gut?«, fragte Josef.

»Sehr gut.«

Eine Pause, sie verteilten das Öl mit beinahe synchronen Bewegungen auf ihren Gliedern.

»Und dir?«

»Auch.«

»Los, weiter«, sagte Bodo. »Ich habe Hunger. Lasst uns einen Platz für ein Picknick suchen.«

Alle vier nahmen die Paddel, tauchten sie träge ein, ließen den Tunnel hinter sich.

Nach der Allee passierten sie einige Häuser, kleine Bauernhöfe, lange nicht renoviert, blätternde Farbe, lückenhaftes Fachwerk, Löcher in den Dächern der Scheunen. Viel Müll, viel Schrott, alte Kühlschränke, Bettgestelle mit rostigen Metallfedern, ein Auto, ausgeschlachtet, farblos; im Wasser lag ein halb versenkter Kahn, an dessen scharfen Kanten sie die Kanus vorsichtig vorbeimanövrierten. Museen des eigenen, nicht allzu rühmlichen Lebens, dachte Amalia. Ähnlich trostlos sahen manche Siedlungen in den Adirondack Mountains aus. Was für eine beschissene Zeit sie dort gehabt hatte.

Niemand zu sehen. Zeigt euch, hätte sie gerne gerufen, steht nicht so dämlich hinter euren Gardinen rum.

Plötzlich Musik, laute Stimmen. Jemand sang zur Gitarre, Johlen, Klatschen, ein Schrei, lustvoll oder lüstern. Amalia fielen beide Wörter ein. Als sie die Flussbiegung hinter sich hatten, erblickten sie einen breiten schwarzen Stocherkahn mit einer Hochzeitsgesellschaft. Vorn saßen Braut und Bräutigam unter einem Blumenbogen, dahinter sieben, acht Männer und Frauen, feiernd. Ein Sektkorken knallte, klirrende Gläser. Geräusche, die nicht in diese Landschaft passten, die störten, fand Amalia.

Der Kahn lief langsam auf sie zu, es wurde stiller, bis niemand mehr johlte, sang, redete. Die vier steuerten ihre Kanus dicht ans Ufer, da der Kahn stoisch die Mitte hielt. Langsam zog er vorbei, es war totenstill, Braut und Bräutigam starrten Josef aus großen Augen an, die Hochzeitsgäste ebenfalls und zuletzt auch der Schiffer, der im Heck stand und sich mit einer langen Stange vom Grund abstieß. Als der Kahn hinter der nächsten Biegung verschwunden war, hörten die vier wieder Gesang und Johlen. Sie paddelten weiter.

Eine halbe Stunde später fuhren sie auf eine kleine Schleuse zu, die am Rand eines Wäldchens lag. Zwei Jungen und ein Mädchen, zehn, elf Jahre alt, warfen sich einen Ball zu. Als sie die Boote hörten, stellten sie sich nebeneinander ans Ufer, das Mädchen in der Mitte. Amalia fielen ihre langen Zöpfe auf. Ohne zu lächeln, sagten sie leiernd ein Gedicht auf:

»*Schleusenwärter groß und klein,*
wir lassen Sie in die Schleuse rein.
Wir lassen Sie auch wieder raus,
und wir hoffen,
Sie geben einen aus.
Ist uns're Arbeit dann getan,
recht gute Fahrt im schönen Kahn,
Wird weniger gegeben als vermutet,
wird der Kahn sofort geflutet.«

»Hilfe«, sagte Amalia.

»Das habt ihr schön gedichtet«, sagte Josef.

Die Kinder sagten nichts.

Josef zog sein Portemonnaie hervor, fand aber kein Kleingeld. Auch die anderen mussten passen.

»Wir haben alle Münzen der Bootsverleiherin gegeben«, sagte Amalia.

»Hat jemand einen Fünfer?«, fragte Gero.

Niemand hatte einen Fünfer. Amalia hatte einen Zehner, aber das schien ihr unangemessen.

»Wir haben kein Kleingeld«, sagte Amalia zu den Kindern. »Wir geben euch was, wenn wir zurückkommen. Ihr seid doch immer hier, oder?«

Das Mädchen nickte. Die vier steuerten ihre Boote in die Schleusenkammer hinein. Einer der Jungs drehte an einem Metallrad, und das Tor hinter ihnen schloss sich knirschend und sehr langsam. Amalia betrachtete die Kinder, die ihr vorkamen wie Geschöpfe aus einer anderen Zeit, wegen der Kniestrümpfe, die sie trugen, aber auch wegen der Gesichter. In Gedanken suchte sie nach Worten, um den Unterschied zu beschreiben, fand aber keine. Das war ihr auch nie gelungen, wenn sie, wie so oft, Gesichter in historischen Büchern betrachtete. Diese Menschen sahen anders aus, aber wie anders? Auf jeden Fall immer älter als Menschen im selben Alter heute.

Als Amalia aus diesen Gedanken zurückkehrte, hatte sich das hintere Tor geschlossen. Das Mädchen war nach vorn gelaufen und drehte an dem Rad, das dort installiert war. Gluckernd lief Wasser ab, die Kanus sanken mit dem Wasserspiegel, umgeben von kleinen Strudeln. Es war eng in der Schleusenkammer, die vier waren damit beschäftigt, die Boote von den Betonwänden fernzuhalten, manchmal schabten sie dagegen. Sie sanken und sanken, die Kinder waren nicht mehr zu sehen. Dann hörte das Gluckern auf, letzte Strudel glätteten sich, das Wasser kam zur Ruhe. Sie warteten darauf, dass sich das vordere Tor öffnete. Aber das geschah nicht.

»Hey«, rief Gero.

Keine Antwort.

»Kinder«, rief Amalia. Sie schaute nach oben, blauer Himmel in einem betongrauen Rahmen, ein paar Wölkchen auf Wanderschaft. Sie lauschte. Stille.

»Wo sind die verdammten Blagen?«, fragte Bodo.

»Sind die etwa abgehauen?«, fragte Gero. »Hallo!«

»Hallo!«, schrie auch Amalia.

Nichts.

»Wir hätten ihnen was geben sollen«, sagte Bodo.

»Das ist kein Grund, uns hier verrecken zu lassen«, sagte Josef.

»Hier muss doch eine Leiter sein«, sagte Gero.

»Hier war mal eine Leiter«, sagte Amalia und zeigte auf zwei parallele Reihen von Löchern in der Schleusenwand. Josef richtete sich auf, reckte sich die Betonwand hoch. Er kam nicht bis zum Rand.

»Und jetzt?«, fragte Amalia.

»Sind wir am Arsch«, sagte Bodo.

Josef richtete sich langsam auf, bis er stand. Dann griff er nach dem Rand der Wand.

»Sei vorsichtig«, sagte Amalia.

Josef stieß sich vom Boot ab, so heftig, dass es umkippte. Gero fiel rücklings ins Wasser, verschwand kurz, tauchte schnell wieder auf. Josef zog sich derweil die Wand hoch. Bodo und Amalia lachten, hörten aber sofort auf, als sie sahen, wie missmutig Gero darauf reagierte. Gemeinsam richteten sie das gekippte Boot auf und fischten nach den Sachen, die herausgefallen waren, Zelte, Decken, Taschen. Die Kühltasche war gesunken, Gero, der im Wasser stehen konnte, zog sie vom Grund nach oben. Josef öffnete das vordere Schleusentor, Bodo und Amalia paddelten hinaus, Gero schob das havarierte Boot hinterher. Wie durch ein Wunder waren seine Zigaretten trocken geblieben, was seine Stimmung merklich hob.

Sie breiteten die nassen Sachen in der Sonne aus, setzten sich auf die Wiese und machten ein Picknick, umschwirrt von Fliegen, Mücken, Libellen.

VI

»Ich brauche euren Rat«, sagte Gero, als er etwas unschlüssig in seinem Bulgur löffelte.

Stille.

»Ach Gero«, dachte Amalia. So war es immer. Er machte darauf aufmerksam, dass er etwas erzählen wollte, konnte aber erst anfangen, wenn er darum gebeten wurde. Wer ihm den Gefallen tat, hatte verloren; das galt als stillschweigende Vereinbarung zwischen den drei anderen. Weil sie nicht grausam sein wollten, ergab sich bald jemand in seine Niederlage. Diesmal Josef.

»Was hast du auf dem Herzen? Sprich, bitte.«

Die beste Freundin von Marianne, Geros Frau, wollte unbedingt ein Kind bekommen, hatte es lange versucht, bis sich nach einigen Untersuchungen erwies, dass ihr Mann unfruchtbar war. Beide wollten nicht auf Nachwuchs verzichten und erwogen, sich an eine Samenbank zu wenden, was sie aber verwarfen. Zu ungewiss schien ihnen, welche Gene sie sich damit »einhandelten«, wie Gero sagte. Das Thema blieb bei allen gemeinsamen Treffen bestimmend, dominierte nahezu jedes Gespräch. Gero und seine Frau, die zwei Kinder hatten, boten den Freunden an, dass sie für Maik und Lilla wie zweite Eltern sein könnten. Paten waren sie ohnehin schon, und man sah sich oft. Gero hatte sich mit dem Mann der besten Freundin Mariannes angefreundet. Man war nicht ganz so eng, hielt es aber sehr gut miteinander aus.

Doch eine Quasi-Adoption war für das andere Paar keine Lösung. Sosehr sie Maik und Lilla liebten, waren sie eben doch keine eigenen Kinder, keine Blutsverwandten.

»Was für ein martialisches Wort«, sagte Amalia an dieser Stelle.

Da die Frau gebärfähig sei, fuhr Gero fort, hätten sie immerhin die Chance, ein Kind mit ihren Genen zu haben, oder zwei. Vor ein paar Tagen habe es ein feierliches Abendessen in der Wohnung der Freunde gegeben, Champagner, Kerzenlicht, Marokkanisches Huhn aus dem Römertopf. Die drei anderen seien aufgeregt gewesen, wie Gero sofort gemerkt haben wollte. Ein bisschen Plauderei, nach der Vorspeise habe ihn seine Frau feierlich angeschaut und gesagt: »Gero, wir wollen dich etwas fragen.«

Gero legte die Schüssel mit dem Bulgur weg. Er hatte es nicht aufgegessen, schaute zum Wasser und zündete sich dann eine Zigarette an. Manchmal brauchte er auch zwischendurch eine Ermunterung.

»Mach's nicht so spannend«, sagte Amalia.

»Sie schlugen mir vor, dass ich der leibliche Vater des Kindes werden solle.«

»Du!«, rief Josef aus. »Warum denn du?«

»Weil sie dann wüssten, vom wem die Gene kommen.«

»Pervers«, sagte Bodo.

»Warum musst du so schnell urteilen? Hör doch mal zu«, sagte Amalia.

Sie hätten sich das genau überlegt, sagte die Freundin seiner Frau, erzählte Gero weiter. Sie würden ihn mögen, ihn schätzen, er sei ein wunderbarer Mensch. »Und du würdest das okay finden?«, habe Gero Marianne gefragt. Absolut, sie wisse wie keine andere, wie groß der Kinderwunsch ihrer Freundin sei, wie sehr sie leide, ohne Kinder leben zu müssen. Und natürlich solle dieses Kind nicht auf natürlichem Wege gezeugt werden.

»Ach so«, sagte Bodo.

Gero überging das, indem er bläulichen Rauch in den tanzenden Mückenschwarm vor ihm blies. Seine Frau habe gesagt, sie seien doch jetzt schon wie eine große Familie, und das neue Kind habe dann eben zwei Väter, seinen leiblichen und den, mit dem es leben würde, aber es könnte auch eine Bindung zu Gero haben, und für die beiden anderen Kinder würde es wie ein Geschwisterchen sein, weil man sich so oft sehe.

Nicht wie ein Geschwisterchen, es wäre ein Geschwisterchen, habe daraufhin die Freundin Mariannes gesagt.

»›Und du, was sagst du dazu?‹, habe ich meinen Freund gefragt«, sagte Gero.

»Und?«, fragte Josef, weil Gero schon wieder eine Pause machte.

»Er war total einverstanden.«

»Ich fasse es nicht«, stöhnte Bodo.

»Ich bin hin- und hergerissen«, sagte Gero. »Ihr müsst mir nicht sofort einen Rat geben, ihr sollt mir nicht sofort einen Rat geben. Überlegt euch das bitte gut, und lasst uns weiter darüber reden. Wenn ich von diesem Ausflug nach Hause zurückkehre, will ich mich entschieden haben.«

Er drückte die Zigarette aus, stand auf und begann damit,

das Geschirr im Fließ abzuwaschen. Amalia sammelte die Sachen ein, die in der Sonne halbwegs getrocknet waren. Es war siebzehn Uhr, als sie losfuhren. Amalia setzte sich zu Gero ins Boot, Josef zu Bodo.

Es dauerte eine Weile, bis Amalia sich Geros Rhythmus angepasst hatte, weil er sein Paddel nicht gleichmäßig führte, sondern vor dem Eintauchen kurz stockte, als suche er die bestmögliche Stelle im Fließ. Das Boot verlor ein wenig an Tempo, um dann ruckartig zu beschleunigen, wenn Gero das Blatt durchs Wasser zog.

Er war ihr Sandkasten-, ihr Kindergartenfreund. Er war immer da gewesen, noch vor Bodo, auch wenn sie sich an die frühen Jahre nicht erinnerte. Aber sie hatte noch Bilder vor Augen, als sie Hand in Hand über Zebrastreifen gingen. Er war ihr schweigsamer, immer angenehmer Freund, kein Raufbold, kein überspannter Egoist, auf eine nicht unkritische Weise folgsam, er machte mit, was Amalia an Spielen einfiel, hatte aber seine Grenzen, ließ sich verkleiden, wenn es nicht allzu albern war, übernahm keine demütigenden Rollen. Andere Kinder mochten fantasievoller, aufregender sein, aber auf Dauer fühlte sich Amalia mit Gero am wohlsten.

Er blieb so, in jeder Altersstufe blieb er sich treu, und Amalia. Nach der Bundeswehr studierte er Betriebswirtschaft und fand schließlich eine Stelle beim Hamburger Senat im Referat für Wirtschaftsförderung. Und jetzt sollte ihr Gero, dieser ungemein liebe Kerl, in diese aufregende Familienkonstellation gestürzt werden. »Nichts für Gero«, dachte sie zuerst. Dann: »vielleicht gerade«.

»Ein Biber!«

Josefs Stimme. Amalia wurde aus ihren Gedanken gerissen, war wieder auf dem Fließ, ohne zu wissen, wo das Fließ gelegen war und wie es hieß.

»Wo ist ein Biber?«, fragte sie.

»Da.«

Gero zeigte voraus in die Mitte des Fließes.

Jetzt sah sie ihn. Er fühlte sich offenbar gestört, schwamm eilig davon, rettete sich zum Ufer und verschwand im Schilf.

»Erinnert ihr euch noch an den Biberdamm im Odenwald?«, fragte Bodo.

Amalia wusste sofort, was er meinte. Es war nichts Spektakuläres gewesen, sie hatten auf ihrer zweitägigen Radtour einen Staudamm aus Ästen gesehen, hielten an und beobachteten einen halben Tag lang, wie die Biber ihr Werk ausbauten, zügig und zielgerichtet, betriebsame und zugleich possierliche Tiere. Die Biber hatten ihnen gute Laune gemacht.

Ihre Hände schmerzten bei jedem Zug, mit Schaudern sah Amalia offene Blasen an den Innenseiten der beiden Daumen, rotes Fleisch, ein weißer Hautfetzen. Wiesen, ein weiterer Pappeltunnel, höher noch als der erste. Beinahe beklommen fuhren sie hindurch. Als sie das Ende fast erreicht hatten, stoppte Josef, der im Bug des vorderen Boots saß, plötzlich die Fahrt.

»Moment, da ist was«, sagte er und zeigte mit dem Paddel zum rechten Ufer.

»Was denn?«, fragte Gero.

»Was Komisches.«

Die Boote lagen still auf dem Wasser. Am Ufer stand

Schilf hoch und dicht und gerade wie die Borsten einer Bürste. Plötzlich tauchte ein seltsamer Kopf auf, in Mannshöhe ungefähr, riesige Augen, ein Schnabel. Schon war er wieder verschwunden. Wirklich ein Schnabel?

»Was ist das?«, fragte Amalia angespannt.

Der Kopf erschien erneut, und jetzt erkannte sie, dass er einem Strauß gehörte. Er stand am Ufer hinter dem Schilf und starrte die Bootsfahrer an, als sei er genauso verblüfft, sie hier anzutreffen, wie umgekehrt.

»Sind wir schon im Okavango-Delta?«, fragte Josef, während er ein Foto mit seinem Handy machte.

»So lange sind wir doch noch gar nicht unterwegs«, sagte Gero.

»Amalia hat sich verfahren«, sagte Bodo.

Sie wollte ihm eine Dusche verpassen, holte mit dem Paddel aus, sah dann einen zweiten Strauß hinter dem Schilf stehen, brach den Angriff ab.

»Was machen die hier?«, fragte Gero.

»Sie wollen trinken«, sagte eine Stimme. Ein kleiner Mann schuf mit seinen Händen eine Lücke im Schilf, als öffne er einen Vorhang. Freier Oberkörper, ein winziger Hut auf dem Kopf.

»Warum sind die Vögel hier, in Deutschland, meine ich?«

Der Mann sagte, dass er vor zwei Jahren angefangen habe, Strauße zu importieren und zu züchten. Das Fleisch sei schmackhaft und mager, und die Leute wollten nicht dick werden, wenn man von seinem Nachbarn Möller absehe. Insgesamt habe der Strauß eine große Zukunft in Europa. Es werde ihm aber nicht leicht gemacht, die Vögel zu halten.

Die Einheimischen würden sich an ihnen stören, sie sagten, Strauße gehörten nicht hierher, sondern nach Afrika, und es reiche, ihr Fleisch zu importieren, wenn man unbedingt Strauße essen wolle wegen der schlanken Figur.

»Sie essen lieber Schweine«, sagte der Mann, er habe in einem Mastbetrieb mit 200 000 Schweinen gearbeitet, das sei nicht auszuhalten gewesen, das Geschrei, der Gestank, die Gülle, niemand, der es nicht mit eigenen Augen gesehen habe, könne sich vorstellen, was 200 000 Schweine so zusammenscheißen, und wie krank und boshaft die Tiere würden, halte man sie in diesen Massen auf engstem Raum. Aber seine Strauße, die hier friedlich fräßen, in kleiner Zahl, niemanden in seinem Wohlsein beeinträchtigten, die sollten nicht hier sein dürfen und würden schamlos attackiert, weil sie nach Afrika gehörten und nicht hierher.

»Aber kam nicht auch der Mensch einst aus Afrika?«, fragte der Mann.

»Wie denn attackiert?«, fragte Bodo.

Jemand habe einen Strauß am Hals verletzt, sagte der Mann, mit einem Messer, als habe er versucht, dem Strauß den Kopf abzuschneiden, das müsse man sich mal vorstellen. Der Vogel sei irgendwie entkommen, er stehe dort hinten bei der Herde, sie könnten sich seine Verletzung anschauen, die immer noch nicht ausgeheilt sei, einer seiner besten Vögel. Die Menschen seien schlimmer als die Wölfe, die seien noch nicht über seine Strauße hergefallen.

»Wollen Sie ein Ei kaufen?«, fragte er plötzlich.

»Warum sollten wir ein Ei kaufen?«, fragte Bodo.

Der Mann bückte sich, verschwand hinter dem Schilf, tauchte mit einem großen Ei wieder auf.

»Sehen Sie, wie schön es ist, groß und wohlgeformt, macht sich gut in jedem Wohnzimmer.«

»Nein danke«, sagte Amalia.

Der Mann war enttäuscht. Sie verabschiedeten sich, wollten lospaddeln.

»Halt!«, rief der Mann. »Kommen Sie her.«

Er zeigte auf Josef, der daraufhin sein Kanu zur Lücke im Schilf steuerte. Der Mann überreichte ihm das Ei.

»Nehmen Sie es«, sagte er.

»Warum?«, fragte Josef.

»Weil Sie auch aus Afrika sind«, sagte der Mann liebenswürdig, beinahe gerührt.

»Das bin ich nicht, trotzdem danke.«

Sie zogen die Paddel durchs Wasser, fuhren weiter.

»Sie müssen bald ein Loch hineinbohren«, rief ihnen der Mann hinterher, »und die Flüssigkeit auslaufen lassen, sonst haben sie einen kleinen Strauß. Es sei denn, sie wollen einen kleinen Strauß.«

Er winkte ihnen lange nach.

»Wisst ihr«, sagte Amalia nach einigen Minuten, »dass Commodus im alten Rom eines Tages mit dem Hals eines Straußes im Senat aufgetaucht ist, einem Hals mit Kopf, um die Senatoren zu erschrecken? Er soll den Hals hin- und hergeschwenkt haben.«

Sie machte die Bewegung mit dem linken Arm nach, etwas unbeholfen, weil sie Rechtshänderin war, aber in der rechten Hand hielt sie das Paddel.

»Nein, das wussten wir nicht«, sagte Bodo. »Aber wir wissen, dass du eine große Historikerin bist.«

»Warum auch nicht«, sagte Amalia leise.

Josef baute aus einem Handtuch ein kleines Nest für das Ei, das er zwischen seinen Beinen platzierte.

»Bald sind wir fünf«, sagte Bodo.

»Ich wusste nicht, dass es hier Wölfe gibt«, sagte Amalia.

»Wale wären mir lieber«, sagte Bodo.

»Wie, Wale?«

»Wale. Meinst du, wir begegnen einem Wal?«

»Spinner.«

»Wäre doch schön, einmal im Leben einem Wal begegnet zu sein.«

VII

Am Abend fanden sie eine Stelle, in der sich das Fließ etwas ausbuchtete, was wie ein kleiner natürlicher Hafen wirkte. Sie stiegen aus und zogen die Boote an Land, eine Wiese, die bald in dichten Wald überging. Bodo und Gero bauten die beiden Zelte auf, Josef und Amalia kümmerten sich um das Essen, kalte Küche, fertig gekauft, niemand hatte Lust gehabt, sich ums Kochen oder Grillen zu kümmern.

Dann saßen sie zusammen, aßen Käse, Baguette, Salate, tranken wieder Blauburgunder. Gero, gierig an einer Zigarette ziehend, forderte Josef auf, noch mehr davon zu erzählen, was in in dem einen Jahr seit dessen Hochzeit in ihrer Heimstadt passiert war.

»Die Tabledance-Bar hat dichtgemacht.«

Er hatte Amalia dabei nicht angesehen, hatte ins Leere gesprochen, aber sie wusste, an wen das adressiert war. Es tat ihr weh, und sie fragte sich, ob er es gesagt hätte, wäre ihm klar gewesen, wie weh das tat.

Nach der Trennung von Josef hatte es nur zwei Wochen gedauert, bis sie mit Fabian zusammen war. Auf die anderen wirkte das, als wäre er schon vorher heimlich da gewesen, und das war ihr durchaus recht. In Wahrheit hatten sie sich in einer Billardkneipe in der Nachbarstadt kennengelernt, als sie dort mit einer Freundin war, aus Trauer über die Trennung viel trank und blieb, als ihre Freundin gegen Mitternacht leicht schwankend nach Hause ging. Einer der Billardspieler hatte sie häufig angeschaut, weshalb genau das passierte, was sie erwartet hatte. Er setzte sich zu ihr, ein schmaler, nicht allzu großer Mann, der aufregend durchtrainiert wirkte; Anfang zwanzig, etwas älter als sie, Fabian. Ein paar Tage später war er ihr neuer Freund.

Niemand fand, dass er zu ihr passe, auch Amalia nicht. Er war ein stiller Mann, lieb mit ihr, ein bisschen stolz, dass einer wie er eine Frau wie sie hatte. Große Gespräche erwartete er nicht, was ihr in ihrer Verstörung entgegenkam. Zusammen Serien gucken, Pizza essen, ein bisschen über den abgelaufenen Tag reden, ins Bett gehen. Sie hatte gerade ein Studium der Geschichte begonnen, er arbeitete bei einer Versicherung, holte in der Abendschule sein Abitur nach und fuhr Rallyes. Sie wusste erst nicht, was das genau war, irgendeine Art von Autorennen halt. Aber dann stand sie an Wochenenden, an denen sie früh aufgestanden war, zusammen mit anderen Zuschauern auf einer Wiese, durch die sich ein Feldweg schlängelte, fröstelnd, mit einer Thermoskanne in der einen Hand, einem Plastikbecher Kaffee in der anderen, und ihr Herz schlug höher, wenn sie wusste, dass als Nächster Fabian kommen würde. Sie hatte gelernt, das Motorgeräusch seines Autos von denen der anderen zu unterscheiden, und dann flog er schon über die Kuppe dort hinten am Waldrand, in einem weißen Toyota mit schwarzen Nadelstreifen und roter Werbung für eine Tabledance-Bar: die Silhouette einer Frau, die sich an einer Stange rekelte, an der Fahrer-

und der Beifahrertür. Krachend setzte der Toyota auf, Schotter spritzte. Amalia wusste inzwischen, was schnell war und was nicht, hoffte, dass Fabian den richtigen Bremspunkt finden würde vor der scharfen Rechtskurve, an der sie wartete, einer 2 plus, dass er rechtzeitig die Handbremse ziehen würde, um im selben Moment blitzartig nach links einzuschlagen, dann nach rechts, damit das Heck kontrolliert ausbrechen würde. Fabians blau-gelber Helm, die schnellen, souveränen Bewegungen seiner Hände zwischen Lenkrad und Schalthebel, neben ihm reglos der Beifahrer, der konzentriert in das Gebetbuch blickte und in sein Helmmikrofon leierte. Amalia winkte, der Toyota rutschte kurz, als die Bremsen zupackten, fügte sich dann willig wie ein gut dressiertes Pferd den Anweisungen des Fahrers und driftete beinahe anmutig durch die Kurve, Vollgas am Scheitelpunkt, der Toyota zog kreischend davon. Gut gemacht, lieber Fabian.

Als der Beifahrer für ein Jahr auf Montage nach Oman ging, fragte Fabian Amalia, ob sie einspringen könne. Ohne zu überlegen, sagte sie zu. Da sie sich im Nebel ihrer Gefühle für diesen seltsamen Mann entschieden hatte, konnte sie auch den ganzen Weg mit ihm gehen. Also wurde Amalia Winterscheidt an den Wochenenden Co-Pilotin in einem Rallyeauto mit Nadelstreifen. Sie lernte schnell. Während er fuhr, las sie ihm vor, wie der Streckenabschnitt vor ihnen beschaffen war. Vom Veranstalter der Rallye bekamen sie dafür ein sogenanntes Gebetbuch mit dem Verlauf.

200 links 5 minus über Kuppe
150 rechts 4
30 rechts 4 plus
70 links 2 minus

30 rechts 4 macht zu

40 links 5 über Brücke

Vorn stand die Entfernung bis zur nächsten Kurve in Metern, die Zahlen von 1 bis 5 spiegelten den Kurvenverlauf, 5 stand für eine weite, schnelle Kurve, 1 für eine Spitzkehre. Da die Rallyes in der Regel nicht über Rennstrecken führten, sondern durch Wälder, hügelige Landschaften, Weinberge, Panzerübungsgelände, sah man oft nicht, was kam. Fabian musste ihr blind vertrauen, und das tat er auch.

Wenn sie im Toyota saß, ebenfalls einen blau-gelben Helm auf dem Kopf, in ihren feuerfesten Overall gehüllt, in einen Schalensitz geklemmt, mit Hosenträgergurten fixiert, von den Streben des Überrollkäfigs beengt, wusste sie nicht genau, wer da saß, irgendwie sie selbst, ihr Name stand schließlich vorn auf den Kotflügeln, daneben ihre Blutgruppe, 0 Rhesus negativ, aber nicht so ganz sie selbst.

Amalia mochte das, Tempo, Momente der Haltlosigkeit, Fliehkräfte, die ihren Körper zusammenstauchten, Beschleunigen, Bremsen, Kurve links, Kurve rechts, Fliegen, Rutschen, Tanz am Abgrund, viel besser als Achterbahn, weil real, weil gefährlich. Alle Gedanken verschwanden, wenn sie in diesem driftenden, flatternden, röhrenden, heulenden Auto saß, festgeschnallt, geschützt von einem Überrollkäfig. Ihre Festung. Fabian an ihrer Seite, dem sie aus dem Gebetbuch vorlas. Seine rechte Hand am Lenkrad, am Schaltknauf, am Lenkrad, an der Handbremse, wieder am Lenkrad, kurbelnd, am Schaltknauf. Das Ballett seiner Füße auf den Pedalen, rechts auf und ab, links hin und her, auf und ab. Er sagte kein Wort, nur ihre Stimme war zu hören.

»100 3 plus macht zu.«

Sie würde nicht lange seine Beifahrerin sein, das war klar. Sie hatte den ersten Lehrgang für Rallyefahrer beim ADAC absolviert, als einzige Frau, aber als Beste von allen. Fabian hatte viel mit ihr geübt. Es gab Vorbilder, Michèle Mouton, Jutta Kleinschmidt. Namen von Frauen, die ihr nicht das Geringste sagten, die sie nicht interessierten, die ihr nur zeigten, dass es möglich war, in dieser Männerwelt Erfolg zu haben. Wollte sie das denn? Den Erfolg brauchte sie in Wahrheit nicht, nur die andere Welt, die maximal entfernt war von der ihrer Eltern. Und von Josef. Trotzdem studierte sie weiter, befasste sich ausgiebig mit demokratischen Revolutionen.

Sie mochte Fabian, außer in den Momenten, wenn er sein Glück nicht fassen konnte, dass er eine Frau wie sie gewonnen hatte. Andererseits machte ihn das so dankbar, dass er keine hohen Ansprüche stellte, weder am Tag noch in der Nacht. Sie musste nichts geben, musste nur da sein. So kamen sie miteinander aus. Nähe hatten sie im Toyota, waren dort auf Leben und Tod aufeinander angewiesen, mehr als fast alle anderen Paare. Das reichte doch.

Die Rallyes unterteilten sich in Zwischenetappen, auf denen sie einfach den Weg im normalen Straßenverkehr finden musste, und in Sonderprüfungen auf abgesperrten Strecken, wenn die Autos im Minutenabstand starteten und die Zeit genommen wurde. Dann saß sie neben Fabian, das Gebetbuch auf den Knien, das Mikrofon der Sprechanlage, die sie mit Fabian verband, vor ihrem Mund. Der Starter stand dicht neben dem Auto, beugte sich halb über die Windschutzscheibe und zählte die letzten Sekunden mit den Fingern ab. Aus einer Faust streckte sich erst der Daumen hervor, dann der Zeigefinger. Beim kleinen Finger sprang der Starter zurück, Fabian trat wuchtig aufs Gaspedal.

»150 rechts 3 plus«, hörte sie sich sagen.

In den Pausen las sie Texte zum Peloponnesischen Krieg, auch Thukydides im Original. Es fühlte sich gut an, dass in ihrem Leben nichts mehr zueinanderpasste.

Als sie eine Rallye gewonnen hatten, wurden sie von den Besitzern der Bar, die den Toyota zu einem nicht geringen Teil finanzierten, auf einen freien Abend eingeladen. Sie tranken Cocktails, aus denen Früchte und bunte Rührstäbchen herausragten wie ein kleiner Blumenstrauß, ihr Pokal stand zwischen ihnen auf dem plüschigen Sofa, nackte Frauen tanzten in Armeslänge entfernt auf einem niedrigen Tisch. Nach einer knappen Stunde sagte Amalia, dass sie müde sei und schlafen wolle. Fabian begleitete sie bis vor die Tür des Hauses ihrer Eltern, wo sie noch lebte. Er könne nicht mitkommen, sagte sie, weil sie für die Klausur lernen wolle. Dann las sie weiter in der Biografie von Aaron Burr, ohne zu ahnen, dass sie ihre Doktorarbeit über ihn schreiben würde.

»Erzähl was Interessanteres«, sagte Bodo zu Josef, und Amalia war ihm dankbar dafür.

»Vielleicht wollen die da uns was Interessantes erzählen«, sagte Gero.

»Wer?«

Gero zeigte auf die andere Uferseite, wo sich ein weißer Pick-up schaukelnd wie ein Wasserbüffel dem Fließ näherte und dabei genau auf sie zufuhr. Rund hundert Meter vom Fließ entfernt blieb er stehen, als wollte er dort grasen. Niemand stieg aus.

»Stand die Klimatrottelkarre nicht vor dieser Rassisten-kneipe?«, fragte Bodo.

Amalia glaubte auch, sich zu erinnern. Das Auto war ungewöhnlich groß, eher ein Truck als ein Pkw. Hatte nicht Josef auf die Ladefläche von diesem Ungetüm gepinkelt?

»Was wollen die?«, fragte Josef.

»Ich geh mal hin und frage«, sagte Bodo.

»Bleib hier«, sagte Amalia.

Sie versuchten, sich nicht ablenken zu lassen, und fragten Josef wieder nach den ehemaligen Klassenkameraden.

»Erzähl mal was Lustiges«, sagte Amalia zu Josef.

Er überlegte kurz, sagte dann, dass Lennart kürzlich in der Apotheke gewesen sei, um sich ein Mittel gegen Seekrankheit zu holen. Das dürfe er sagen, eine Seekrankheit sei nicht wirklich eine Krankheit.

Lennart war allen auf die Nerven gegangen, weil er ständig fotografiert hatte, richtig fotografiert, mit schwarzen Kameras, deren große Objektive einen leblos anstarrten wie ein geblendeter Zyklop, nicht mit Handys wie jetzt alle. Lennart arbeitete schon in der Oberstufe für das Anzeigenblatt ihres Heimatorts und hatte später für den »Stern« die großen Geschichten machen wollen. Aber daraus war nichts geworden. Er verdingte sich neuerdings bei einer Reederei, auf deren Kreuzfahrten er die Passagiere ablichtete, hatte er Josef erzählt.

»Musste er eigentlich zahlen?«, fragte Amalia.

»Bis jetzt nicht. Die haben's ihm wohl erlassen.«

Plötzlich waren sie fröhlich, erzählten sich noch einmal die besten Geschichten von ihrem Abiturstreich, einander ins Wort fallend, und mussten dabei manchmal so lachen, dass sie ins Gras kippten.

Amalia hatte die Idee gehabt, Mist vor dem Eingang ihres Gymnasiums abzuladen, um den Zugang zu blockieren. Die Tochter eines Bauern überredete ihren Vater, den Mist herzugeben, dann mieteten sie einen kleinen Lastwagen, rüsteten sich mit Schaufeln und Forken aus und befüllten die Ladefläche mit einem großen, entsetzlich stinkenden Haufen. Zwanzig, dreißig Schüler beteiligten sich, Lennart schoss die Fotos, von denen eins bei Amalia in der Küche hing. Latzhose, Gummistiefel, Kopftuch, Mistgabel, in einer Pose wie für den »Playboy«. Sie hatten so viel Spaß.

In der Nacht fuhr Josef den Lastwagen vor die Schule, und sie luden den Mist ab, verteilten ihn auf der rechten Treppe, der linken Treppe und vor dem Portal. Um fünf Uhr kam die Polizei, von Nachbarn alarmiert, aber da war ihre Arbeit so gut wie beendet. Die beiden Polizisten schauten ratlos, nahmen aus Routine die Personalien eines Verdächtigen auf, und das war Lennart, weil sie den kannten. Er hatte schon Tatorte fotografiert. Dann fuhren sie davon.

Amalia und die anderen gingen nach Hause, sie duschte, legte sich kurz hin, um neun Uhr war sie wieder an der Schule, festlich gekleidet. Hunderte standen davor, niemand hatte den Mist überwunden. Alle waren fröhlich, lachende Gesichter, zugehaltene Nasen. Nur der Schuldirektor und der Hausmeister liefen zornig herum, wussten aber nicht, was sie tun sollten. Der schöne Klaus beschallte den Vorplatz mit Musik aus seinen gewaltigen Autoboxen. Amalia tanzte mit ihrem Geschichtslehrer.

Plötzlich wurden die vier von aufflackerndem Fernlicht geblendet, kurz, dann war die Nacht wieder schwarz.

»Sie wollen uns wissen lassen, dass sie noch da sind«,

sagte Gero und verzichtete darauf, sich die Zigarette anzuzünden, die er bereits zwischen den Fingern hielt. Er schob
sie umständlich zurück ins Päckchen.

»Wir wissen das auch so«, sagte Bodo.

Alle schwiegen eine Weile. Es war dunkel, aber nicht still.
Amalia kam diese Landschaft lauter vor als am Tag, als
würde sie nachts aufwachen und mit ihrem eigentlichen
Leben beginnen. Rascheln, Zischen, Knacken, Glucksen,
Rauschen, die Kakofonie der Natur. Eine Vogelstimme, recht
laut, ein fast gespenstisches Vibrato. Vielleicht ein Uhu,
dachte Amalia, deren schwächstes Fach Biologie gewesen
war. Der Uhu Schuhu fiel ihr ein, aus einem Kinderbuch,
aber sie wusste nicht mehr, aus welchem. Freundlich und
weise war er gewesen. Einen solchen Uhu wünschte sie sich
auch jetzt. Uhu. Was für ein seltsames Wort, es klang nach
Indianersprache. Indigenensprache, korrigierte sie sich.

»Wisst ihr noch, wie der Direktor, dieser Schwachkopf,
den Hausmeister die Treppe hochgejagt hat?«, sagte Gero.

»Damit er einen Pfad freischaufelt«, sagte Josef.

»Und die ganzen Geräte waren in der Schule, in der Haus-
meisterkammer.«

»Da konnte man doch auch Schokoriegel und so ein Zeugs
bei der Frau vom Hausmeister kaufen.«

»Die immer so grell geschminkt war.«

»Und süße Erdbeermilch. Ich liebe süße Erdbeermilch.«

»Schokoküsse auch.«

»Und dann haben wir den Boykott gemacht, weil sie
N…kuss gesagt hat.«

»Eine ganze Woche, alle Schüler.«

»Hat sie dann nie mehr gesagt.«

»Nicht alle.«

Schweigen. Gero sagte schließlich: »Und dann ist er ausgerutscht, ist in den Mist gefallen.«

Sie lachten. Haltlos.

Wieder blitzte das Licht auf, zweimal, dreimal, in schneller Folge, dann langsam, erneut schnell.

»Morsen die?«, fragte Josef.

»Was wollen sie uns sagen?«, fragte Amalia.

Bodo nahm eine der leeren Weinflaschen, stand auf und schleuderte sie über das Fließ in Richtung des Pick-ups. Sie plumpste kurz hinter dem Ufer in die Wiese.

Das Flackern hörte auf.

»Na also«, sagte Bodo und setzte sich wieder.

Ein paar Wochen nach dem Abiturstreich bekam Lennart eine Rechnung von der Stadtreinigung über 1270 Euro. Er rief zu Spenden auf, es kamen aber nur 840 Euro zusammen.

»Was hat er mit dem Geld gemacht?«, fragte Gero.

»An die Stadt überwiesen, nehme ich an«, sagte Amalia.

»Ich dachte, er musste nicht zahlen.«

»Das hat er gesagt«, sagte Josef.

»Wahrscheinlich hat er sich eine neue Kamera gekauft«, sagte Bodo.

»Ich frage ihn, wenn er wieder etwas gegen Seekrankheit braucht«, sagte Josef.

Um Mitternacht hörten sie, wie der Motor des Pick-ups ansprang. Das Licht wurde eingeschaltet, und sie sahen, wie er wendete und davonschaukelte. Wenig später zogen sie sich in die Zelte zurück, Gero mit Josef, Bodo mit Amalia. Sie schlief schnell ein.

VIII

Als Amalia am Morgen den Reißverschluss des Zelts öffnete, schaute sie zuerst, ob der Pick-up zurückgekehrt war. Ein langer Blick, nur Landschaft, dann kroch sie raus und ging zum Fließ. Es war noch kühl, trotzdem zog sie sich aus und sprang ins Wasser. Ein Kälteschock, über dessen Wucht sie erschrak. Kurze Panik, dann schienen ihre Nerven die Lage erfasst zu haben und sendeten die Botschaft aus: nicht so schlimm, das kannst du aushalten. Sie schwamm los.

In der Nacht hatte sie von dem Mann mit der grünen Kappe geträumt, er saß in einem der Seminare, die sie an der Universität gab, Vorgeschichte der Amerikanischen Revolution von 1776, und schrieb konzentriert mit. Die Kappe hatte er weit in den Nacken geschoben. Als sie ihm über die Schulter sah, erkannte sie Jeffersons Handschrift. Hatte dieser Mann die Unabhängigkeitserklärung geschrieben? Ihr Traum brach hier ab, oder war es nur ihre Erinnerung?

Das Schwimmen machte Amalia keine Freude, es war beschwerlich, weil das flache Fließ sie nur unzureichend trug. Knapp hundert Meter, dann gab sie auf, drehte um.

Josef stand am Ufer, schaute in ihre Richtung.

»Trau dich«, rief sie ihm zu.

Er zog sich aus, glitt zögerlich ins Fließ. Sie schwamm auf

ihn zu, mit einer Freude, die sie selbst nicht ganz verstand, die mit jedem Zug wuchs. Plötzlich ein rasender Schatten, ein großes Platschen und Spritzen, Bodo war mit einer Arschbombe ins Wasser gesprungen. Er tauchte auf, kraulte sofort los wie ein Wahnsinniger, auf seine Schwester zu, die wusste, was ihr blühte, aber das war diesmal nicht der Punkt. Amalia stieg aus dem Fließ, mit einem Gefühl von vor langer Zeit, dem Der-kleine-Bruder-verdirbt-mal-wieder-alles-Gefühl.

Später ergab es sich, dass sie mit Josef in einem Kanu landete, sie vorn, er hinten. Sie tat so, als wüsste sie genau, wo sie gerade waren und wo sie heute Mittag sein würden, bezweifelte aber, dass das so stimmte. Es war auch egal. Wie schön diese Landschaft sie umfing, wie herrlich, hier mit ihren Freunden zu sein.

Bald begann sie ein kleines Spiel mit Josef. Sie variierte das Tempo leicht, und da sie merkte, dass er sich ihr sofort anpasste, paddelte sie mal schneller, mal langsamer und genoss seine Folgsamkeit. Leider schmerzten bald die offenen Stellen an ihren Händen.

»Wie geht's deiner Doktorarbeit?«, erkundigte sich Josef.

Sie fragte sich kurz, ob das seine Rache dafür war, dass sie ihm ihr Tempo aufdrückte, entschied sich aber dafür, dass er, etwas schüchtern noch immer nach so vielen Jahren, ein Gespräch mit ihr beginnen wollte. Dass sie mit Anfang dreißig noch immer mit ihrer Dissertation beschäftigt war, fand sie selbst nicht glanzvoll, obwohl noch ein Älterer in ihrem Doktorandenseminar saß. Zudem hatte sie ein Semester durch die Reha verloren, eher eineinhalb.

»Noch ein Jahr«, sagte sie knapp.

»Irgendwas mit Goethe, oder?«

»Goethe trifft Burr – zwei Konzepte von Freiheit.«

»Stimmt. Sorry, ich hatte mir den anderen Namen nicht gemerkt.«

»Nicht schlimm. Den kennt eh keiner. Hast du Pflaster dabei?«

»Natürlich. Zeig mal.«

Sie drehte sich um, streckte ihm ihre Hände entgegen. Er nahm sie, begutachtete die Daumen eingehend.

»Tut bestimmt böse weh.«

»Geht.«

Josef holte aus seiner Tasche Hansaplast, schnitt zwei Streifen ab, die er behutsam um ihre Daumen wickelte.

»Was war das für einer, dieser Burr?«

»Aaron Burr, ein Founding Father aus New York. Er kämpfte im Unabhängigkeitskrieg gegen die Briten, war dann Vizepräsident von Jefferson und hat einen anderen Founding Father in einem Duell erschossen, Alexander Hamilton. Später hat man Burr unterstellt, einen Putsch gegen Jefferson geplant zu haben, aber er wurde freigesprochen. Am 4. Januar 1810 hat er Goethe in Weimar besucht. Da war er nur noch ein Abenteurer ohne Abenteuer.«

Josef war fertig mit den Pflastern, nahm noch einmal ihre Hände, musterte sein Werk.

»Klingt interessant.«

Sie zog ihre Hände zurück, drehte sich um und begann wieder zu paddeln.

»Burr ist für viele eine Hassfigur, das schwarze Schaf unter den Founding Fathers, weil er den großen Hamilton erschossen hat. Aber er fasziniert mich, weil er sich schon um 1800 ein Wahlrecht für Frauen vorstellen konnte, als niemand sonst das für sinnvoll hielt, kaum ein Mann jedenfalls. Die amerikanische Freiheit war nicht als Freiheit für Frauen gedacht.«

»Auch nicht als Freiheit für Schwarze.«

»Nur für weiße Männer.«

»Hatte er Sklaven, dein Burr?«

»Er war kein Baumwollfarmer wie Washington oder Jefferson, kein Großgrundbesitzer mit Hunderten von Sklaven. Er hatte eine Zeit lang einen Haussklaven.«

Josef schwieg, und das machte ihr schlechte Laune.

»Er ist nicht mein Burr«, sagte sie. »Ich befasse mich nur wissenschaftlich mit ihm.«

Für eine halbe Stunde variierte sie häufig das Tempo, bis ihr das zu albern wurde. Zudem waren sie weit hinter die anderen zurückgefallen, da ihr Kanu wegen der ständigen Wechsel unruhig lief, ein bisschen zickzack fuhr. Wenn sie unvermittelt einen harten Hieb ins Wasser setzte, Josef aber noch im alten Rhythmus war, drehte das Kanu den Bug nach links, denn sie paddelte auf der rechten Seite. Josef musste dann ebenfalls kräftig ziehen, um das Boot wieder auf Kurs zu bringen. Das hielt auf und nervte auch sie.

Amalia steigerte die Geschwindigkeit, paddelte gleichmäßig, sodass sie Bodo und Gero bald einholten. Beide baten auch um Pflaster und wurden von Josef verarztet. Er selbst hatte keine Probleme, da er viel mit Hanteln trainierte und seine Hände verschwielt waren.

IX

Als sie sich einer Schleuse näherten, sah Amalia aus der Ferne drei Kinder, die wegliefen, sobald sie die Kanus erblickt hatten.

Sie legten an, Josef und Bodo stiegen aus, machten sich an den Handrädern zu schaffen, während Gero und Amalia die Kanus in die Schleusenkammer navigierten. Das hintere Tor schloss sich, der Wasserspiegel sank. Amalia fragte Gero nach seinen Kindern, obwohl die sie nicht sonderlich interessierten. Halb hörte sie zu, während er endlos redete und sie in ihrem Kanu lag, müde von der kurzen Nacht. Nach einer Weile fiel ihr auf, dass sie das Gluckern nicht mehr vernahm. Sie setzte sich hin.

»Josef! Bodo!«

Sie lauschte. Keine Antwort.

»Sehr witzig«, rief Amalia.

Stille. Tiefe Stille.

»Da ist was passiert«, sagte Gero.

Amalia dachte an den Pick-up, an den Mann, den sie in Gedanken John Deere nannte. Sie sah, dass die Sprossenleiter in dieser Schleuse intakt war.

»Ich gehe da jetzt hoch«, sagte sie.

»Soll ich nicht lieber?«

Sie hatte schon eine Sprosse gepackt, zog sich hoch, das Kanu schwankte, sie kletterte hinauf. Nach drei Stufen konnte sie über den Rand sehen, schaute sich um, sah niemanden.

»Bodo! Josef!«

Die beiden Männer, die sie am liebsten hatte. Wenn sie ehrlich mit sich war. Und Angst macht ehrlich.

Sie kletterte ganz hinauf, darauf vorbereitet, dass sie die Leichen der beiden im Gras würde liegen sehen. Und wirklich lagen die beiden dort, aber nicht reglos, sondern feixend. Zusammen deklamierten sie:

»Schleusenwärter groß und klein,
wir lassen Sie in die Schleuse rein.
Wir lassen Sie auch wieder raus,
und wir hoffen,
Sie geben einen aus.«

»Blödmänner«, zischte Amalia. Gero rief sie zu: »Die Kinder sind doch hier, aber leider können sie nicht den ganzen Spruch aufsagen, dafür sind sie zu dämlich.«

Sie schleusten die Boote durch, vertäuten sie am Ufer und gingen schwimmen, alle nackt, tobten, tollten durchs Wasser wie Kinder. Natürlich holte Bodo nach, was er am Morgen verpasst hatte, tunkte seine Schwester ausgiebig. So war es immer gewesen. Zum Glück und wegen der hohen Zahl der Attacken war sein Zeitgefühl dafür inzwischen so ausgeprägt, dass er sie losließ, bevor sie in Panik verfiel. Zusammen mit Josef gelang es ihr anschließend, den Bruder in die Tiefe zu zwingen und ihn dort eine Weile zu fixieren, durchaus etwas länger als umgekehrt. Später saß sie im flachen

Teil des Fließes auf Bodos Schulter und kämpfte gegen Gero, der bei Josef hochgeklettert war. Als es drei zu zwei für Amalia stand, brachen sie erschöpft ab, stiegen aus dem Wasser und gingen zurück zu den Bäumen, wo sie aßen, Wein tranken und plauderten.

Bald waren sie bei der Frage, die Gero zu lösen hatte. Bodo sagte, Gero wäre »bescheuert«, würde er sich auf diesen »Deal« einlassen. »Emotional« würde das alle Beteiligten in den Abgrund ziehen.

»Auf diese Fragen musst du eine Antwort finden«, sagte Bodo und schoss Gero die Fragen förmlich ins Gesicht.

»Was ist, wenn du das Kind so liebst, dass du mit ihm in deiner Familie leben willst?

Was ist, wenn das Kind sich stärker zu dir hingezogen fühlt als zu seinem eigentlichen Vater?

Was ist, wenn zwischen dir und der Freundin deiner Frau eine besondere Beziehung entsteht, weil ihr die leiblichen Eltern dieses Kindes seid? Was sagt dann deine Frau? Was sagt dein Freund?

Was sagen deine Kinder, wenn sie merken, dass sie einen Vater haben, ihre Halbgeschwister aber zwei?«

»Jetzt hör aber mal auf«, unterbrach ihn Amalia. »Was sind das für komische Bedenken? Seit wann hast du denn diese konventionellen Vorstellungen von Familie? Es kann doch schön sein, wenn sich eine Familie so bunt mischt.«

Sie aßen und tauschten Argumente aus, bis sie träge wurden und sich ins Gras unter die Bäume legten. Gero rauchte. Als schon eine Weile Ruhe geherrscht hatte, sagte Josef unvermittelt: »Ich könnte den Samen spenden. Ich kann gute Gene weitergeben, wie ihr ja wisst, nicht wahr?, und ich habe nichts mit dieser anderen Familie zu tun. Das macht es leichter.«

Die drei anderen waren so verblüfft, dass sie eine Weile nichts sagten. Amalia nahm an, dass Josef diese Stille kränkte, aber sie wusste nicht, was sie sagen sollte. Wobei sie genau wusste, was sie hätte sagen müssen, aber das kam ihr nicht über die Lippen. Mit einem wachsenden schlechten Gewissen kaute sie an den Worten herum, bis sie dann doch sagte: »Eine gute Idee.«

Sie sah Josefs Gesicht nicht, weil er von ihr abgewandt im Gras lag.

»Stimmt. Überleg dir das mal«, sagte Bodo zu Gero.

Und der, nach einem tiefen Lungenzug: »Ja, das mache ich.«

»Josef, wo ist eigentlich das Straußenei?«, fragte Bodo.

»Ich hab's am Zeltplatz zurückgelassen.«

»Warum?«

»Was soll ich mit einem Straußenei?«

Stille. Amalia schloss die Augen und schlief bald darauf ein.

Sie wachte auf, weil sie eine alarmierte Stimme wahrgenommen hatte. Josefs Stimme. Im Zwischenreich von Traum und Tag dachte sie erst, das habe mit dem Gespräch vor dem Einschlafen zu tun, aber dann hörte sie das Wort »Boote«.

»Was ist los?«, rief sie verschlafen.

»Unsere Boote sind weg«, sagte Gero, der neben ihr im Gras saß. Josef stand an der Schleuse, Bodo lief flussabwärts am Ufer entlang.

»Siehst du was?«, fragte Josef.

»Hier ist kein Boot, auch da hinten nicht.«

»Verdammte Blagen«, fluchte Amalia, und dabei fiel ihr ein, dass sie Bodos Worte aufgriff.

»Waren das wirklich die Kinder?«, fragte Gero.

»Wer sonst?«, sagte Bodo.

»John Deere«, sagte Amalia. »Und seine Bande.«

»Wer ist John Deere?«, fragte Bodo.

»Der Typ mit der Kappe aus dem Wirtshaus«, sagte Josef.

»Ich glaube, es waren eher die Kinder«, sagte Bodo. »Die haben sich dafür gerächt, dass wir ihnen kein Geld gegeben haben.«

»Glaube ich auch«, sagte Josef. »So ein Schabernack fällt doch keinem Erwachsenen ein.«

»Die Kinder haben sich schon gerächt, indem sie uns in der Schleuse haben versauern lassen«, sagte Amalia. »Die rächen sich nicht zweimal.«

Sie entschieden, dass Josef und Amalia das Fließ entlanggehen würden, um die Boote zu suchen. Gero und Bodo sollten bei ihren Sachen bleiben.

Sie liefen dicht am Ufer, das von Schilf gesäumt war. Keine Bäume, kein Schatten, die Sonne sengte. Es ging nur langsam voran, da sie oft anhielten, die Halme zur Seite bogen, um sehen zu können, ob die Kanus ins Schilf getrieben waren. Einmal erblickten sie den halb verwesten Kadaver eines Fuchses, sonst nichts.

»Warum hast du das vorhin gesagt?«, fragte Amalia, die vorausging, ohne sich umzusehen.

»Warum nicht?«

»Ich meine, hast du das ernst gemeint, würdest du deinen Samen spenden? Oder wolltest du uns testen?«

»Ich wollte Gero helfen, ganz normal.«

»Das ist nett von dir«, sagte sie, aber es klang wohl nicht überzeugend, wie sie selbst vermutete. Schweigend und schwitzend gingen sie weiter. Amalia sah drei Rehe, gar nicht so weit entfernt.

Die Rehe schauten herüber. Amalia sah die Unruhe in ihren Körpern, ein leichtes Zittern. »Bleibt«, hätte sie gerne gerufen, »wir tun euch nichts«, aber so albern war sie nicht. Plötzlich fiel eins der Rehe, als hätte es einen harten Schlag kassiert, die beiden anderen rannten davon, wurden aber in kurzer Folge ebenfalls gefällt. Mitten im Sprung zuckten sie zusammen, stürzten zu Boden und blieben liegen. Amalia konnte sich das, was sie gesehen hatte, nur durch Schüsse erklären, hatte aber nichts gehört. Starr stand sie dort, suchte mit den Augen den Waldrand ab, entdeckte aber nichts Auffälliges, sah niemanden.

»War das ein Jäger?«, fragte sie leise und hatte ein Gefühl, als wäre sie selbst von einem Visier erfasst, als bewegte sich das Auge des Jägers über ihren Körper auf der Suche nach der tödlichen Stelle.

»Glaube schon.«

»Warum hat es nicht geknallt?«

Ein Mann trat in ungefähr dreihundert Metern Entfernung aus dem Wald hervor, ein eher kleiner Mann, dunkelgrün gekleidet wie ein Jäger, aber nicht auf diese idyllische Weise in Loden und mit Gamsbart, wie Amalia das aus Filmen kannte, sondern sachlich, funktional. Overall, Schirmmütze. Es sah aus, als trage er ein Kreuz bei sich, was ihn noch unheimlicher machte. Ein Pilger, der tödliche Blitze senden konnte? Als der Mann näher gekommen war, erkannte Amalia, dass der kreuzähnliche Gegenstand eine Armbrust war.

Er lief zu den toten Rehen, ohne sich um Josef und Amalia zu kümmern, obwohl es unwahrscheinlich war, dass er sie nicht bemerkt hatte. Er kniete bei dem ersten Reh nieder, und das war der Moment, in dem Amalia losging. Josef wollte sie zurückhalten, verfehlte aber knapp ihre Schulter und ließ sie ziehen.

Im Leib des Rehs steckte ein kurzer Pfeil, den der Mann herauszog und neben die Armbrust legte. Dann holte er ein langes Messer aus einem seiner Schnürstiefel und schnitt die Bauchdecke auf. Blut, Fleisch, Gedärme. Amalia zwang sich hinzusehen.

»Warum jagen Sie mit einer Armbrust und nicht mit einem Gewehr?«, fragte sie.

Der Mann wühlte im Bauch des Rehs herum, sagte nichts.

Amalia fragte noch einmal, bekam keine Antwort. Ihr fiel auf, dass der Mann nervös wirkte. Er schaute sich häufig um, arbeitete schnell.

»Können Sie uns sagen, wo wir hier sind?«, fragte sie.

Ein kurzer Blick, dann widmete sich der Mann wieder dem Kadaver. Schließlich sagte er etwas in einer Sprache, die Amalia nicht verstand. Er sprach ruhig, ohne sie dabei anzusehen. Er schien ihr nichts zu erklären, sie zu nichts aufzufordern. Ihr kam es vor, als würde er ihr eine Geschichte erzählen. Sie sagte, dass sie seine Sprache nicht verstehen könne, wiederholte das auf Englisch, auf Französisch, schließlich, mit einem kleinen Lächeln, auf Latein und Altgriechisch. Der Mann redete einfach weiter.

Ein Brummen aus der Ferne, ein kleiner, dunkelbrauner

Geländewagen rollte heran, stoppte bei dem zweiten Kadaver. Eine Frau stieg aus, rief dem Mann etwas zu, der antwortete kurz. Dann machte sich die Frau an dem toten Reh zu schaffen.

»Lass uns gehen«, sagte Josef.

»Auf Wiedersehen«, sagte Amalia zu dem Jäger und war überrascht, dass er sich mit den gleichen Worten verabschiedete, sogar freundlich. Trotzdem rechnete sie unterwegs zum Fließ damit, dass sich ein Pfeil zwischen ihre Schulterblätter bohren werde.

»Das sind Wilderer«, sagte Josef, als sie das Ufer erreicht hatten.

»Oder Großgrundbesitzer«, sagte Amalia.

X

Sie liefen den Fluss weiter ab, untersuchten hier und dort das Schilf, fanden nichts. Die Hitze setzte Amalia zu, sie war nicht eingecremt, jedenfalls nicht mit Sonnenschutz, nur mit Insektenöl, aber die Mücken gaben im Moment Ruhe. Kein Schatten, ihre Haut brannte. Als sie drauf und dran waren, umzukehren, erblickte Amalia in der Ferne einen Kahn. Hinten stand eine Frau und stocherte das Boot voran. Vorn saßen ein Mann und eine Frau. Dann entdeckte sie, dass dem Kahn zwei leere Kanus folgten, offenbar angebunden.

»Siehst du das?«, sagte sie zu Josef.

»Das sehe ich«, sagte er.

Sie traten dicht ans Ufer und warteten, bis die kleine Flotte sie erreicht hatte.

Der Mann war trotz der Hitze schwarz gekleidet, die Frauen trugen helle Sommerkleider. Als der Kahn angelegt hatte, sprang der Mann federnd heraus und reichte erst Amalia, danach Josef zu deren Verblüffung die Hand.

»Oblomski, und wie ist Ihr werter Name?«

Die beiden stellten sich vor.

»Freut mich, freut mich außerordentlich«, sagte der Mann, der einen leichten Akzent hatte. Ein Mund fast ohne Lippen, eine flache, breite Nase, ein rundes, freundliches Gesicht, sehr blass, umso dunkler wirkten die Leberflecken, die seine Wangen nahe den kleinen Ohren sprenkelten. Wenig Haar, zwei lange Strähnen, rechts und links, die den Schädel wie Sicheln umfassten und sich vorn fast berührten.

»Ich könnte mir vorstellen, dass wir gefunden haben, was Sie suchen.«

Er zeigte auf die Boote.

»Sie gehören tatsächlich uns«, sagte Amalia, »das heißt, wir haben sie gemietet. Dann waren sie auf einmal weg. Wo haben Sie die Kanus gefunden?«

»Sie trieben dort hinten.«

Er machte mit der Hand eine Bewegung in die Richtung, aus der er gekommen war.

»Waren Kinder in der Nähe?«

»Niemand war in der Nähe. Die Boote waren sozusagen herrenlos.«

Amalia sah, dass die Paddel in den Kanus lagen, alle vier. Das sprach dafür, dass diejenigen, die ihre Boote entwendet hatten, nicht daran interessiert waren, sie am Weiterfahren zu hindern. Es war ein Streich, oder es war der Beginn von etwas, von dem sie nicht wusste, was es sein könnte. Im Moment dachte sie nicht weiter darüber nach und widmete ihre Aufmerksamkeit den beiden Frauen. Ihre Sommerkleider waren aus Leinen und schienen grob gearbeitet, wie selbst gemacht. Ein bisschen sackartig hingen sie über ihre schmalen Körper. Beide trugen lange Haare, die zu Pferdeschwänzen zusammengebunden waren. Sie mochten vierzig Jahre alt sein, älter als Oblomski, der sie ihnen weder vorgestellt hatte noch sonst wie beachtete. Sie hörten dem Gespräch aufmerksam zu, sagten aber nichts.

Amalia und Josef nahmen die Einladung des Mannes an, ihn auf seinem Hof zu besuchen. Er werde »mit den Damen«, sagte er, vorausfahren und eine Kaffeetafel vorbereiten. Sie könnten derweil ihre Freunde holen, bei vier Paddeln gehe er von einer vierköpfigen Besatzung aus. Beim nächsten Abzweig müssten sie sich nach links wenden, dann könnten sie sein bescheidenes Heim nicht verfehlen. Oblomski stieg wieder in den Kahn zu den beiden Frauen. Eine band die Kanus los, die andere wendete mit der langen Stange. Zügig fuhren sie davon.

Als Josef und Amalia die Stelle mit dem Jagdzwischenfall passierten, war niemand mehr dort. Er fuhr voraus, sie folgte und dachte, dass sie nichts dagegen hätte, würden sie sich jetzt verirren, nur sie beide, jeder in einem eigenen Boot, nachts aber in einem Zelt.

Sie sammelten Bodo und Gero ein, berichteten kurz, was sich zugetragen hatte, und paddelten zu Oblomskis Hof, den sie nach einer halben Stunde erreichten. Am Steg wurden sie von zwei Frauen erwartet.

»Haben Sie WLAN?«, fragte Gero noch im Boot.

»Zum Glück nicht«, sagte eine der Frauen.

Sie halfen ihnen aus den Booten, die sie anschließend an Land zogen und auf eine Wiese legten. Hilfe, von den Männern angeboten, lehnten sie ab. Ihre Bewegungen waren schnell, sicher, routiniert. Vor dem Haus deckten zwei weitere Frauen eine lange Tafel. Alle trugen grobe Leinenkleider, alle hatten Pferdeschwänze. Ein bunter, gepflegter Garten, Tomaten leuchteten, Sonnenblumen. Auch das Haus, dunkelroter Backstein, blaue Fensterläden, hellblaue Vorhänge, wirkte gepflegt. Rote Dachziegeln. Amalia sah Hühner, zwei Schweine, eine Kuh, vier Ziegen.

Sie bat darum, sich frisch machen zu dürfen, wurde in das Haus geführt und ermahnt, auf ihren Kopf zu achten, da sie groß, das Haus aber für kleine Menschen gebaut sei. Plötzlich Düsternis, wenig Licht, knarrende Dielen, kaum Möbel. Im Vorbeigehen sah sie durch eine offene Tür, dass Oblomski auf einem Sofa lag, eine Schlafbrille über den Augen.

Beim Kaffee erfuhren sie, dass er ein Priester war, der die katholische Kirche verlassen hatte. Fünf Frauen saßen am Tisch, für eine sechste stand ebenfalls ein Stuhl bereit, aber sie war meistens unterwegs, verteilte Bienenstich oder kümmerte sich um den Kaffee. Oblomski erzählte, dass er über Jahre als Missionar in Südamerika unterwegs gewesen war, um schließlich hier in der Einöde »eine kleine Kolonie der Zugewandtheit« zu gründen, wie er sagte. Was das genau heiße, wollte Amalia wissen, bekam jedoch keine erhellende Antwort. Wenn der Priester sprach, lächelten die Frauen auf eigentümliche Art, ohne selbst das Wort zu ergreifen.

Weil die Auskünfte über die Kolonie so spärlich blieben, berichtete Amalia von ihrem Ausflug, malte den Zwischenfall im Wirtshaus farbig aus und ließ dabei häufig die Wörter »Rassisten« und »Nazis« fallen.

Der Priester erwiderte, dass sie nicht zu hart ins Gericht gehen sollte mit »den Seelen dieser Gegend, ein rauer Schlag, grob manchmal, aber mit dem Herzen auf dem richtigen Fleck«. Sie seien ein vergessenes Volk, so weit weg von den Städten, so dicht an der Grenze, nun würden sie sich schwer tun mit dem Neuen und den Fremden.

»Deshalb muss man ja nicht gleich Rassist werden«, sagte Bodo.

»Sehr richtig, ich verstehe Sie vollkommen, zumal im Lichte der Erfahrungen, die Sie gemacht haben. Der Angriff auf unseren Freund hier«, er zeigte in Josefs Richtung, »ist unverzeihlich. Ich hoffe, wir können diesen Mangel an Gastfreundschaft durch umso größere unsererseits ausgleichen. Darf ich Sie einladen, über Nacht zu bleiben? Sie können Ihre Zelte gerne auf der Wiese dort drüben aufschlagen, und seien Sie versichert, dass wir Sie nicht behelligen werden, Ihnen die Ruhe, die Sie hier draußen suchen, lassen und Ihnen gleichzeitig die Vorzüge zivilisatorischer Bequemlichkeiten anbieten, eine Küche, ein Bad mit warmem Wasser.«

»Das klingt gut«, sagte Amalia. Sie spürte ihren Sonnenbrand, betrachtete ihre roten Arme. Hitze im Gesicht, gespannte Haut.

XI

Am späten Nachmittag löste der Priester die Runde auf, weil sie sich zum Abendgebet begeben müssten, wie er sagte. Die Frauen räumten ab, luden dann eine Kiste in den größeren der beiden Kähne und fuhren mit dem Priester davon. Als er winkte, winkten auch die Frauen.

Die vier bauten die Zelte auf und spekulierten darüber, was das für eine Gemeinschaft war. Seltsam auf jeden Fall, nicht ganz sauber, wie Gero sagte. Es fielen die Worte »Guru«, »Bhagwan« und »Sektenführer«. Ging es um Unterwerfung, um spirituelle Vereinigung, um Sex? Es war herrlich, sich darüber auszutauschen, sich Dinge auszumalen, sich fiktionalem Klatsch zu ergeben. Echten hätten sie verachtet, dachte Amalia zwischendurch und klatschte weiter. Dann wurden sie ernst, weil sie rekapitulierten, was ihnen bislang auf diesem Ausflug widerfahren war: der Angriff im Wirtshaus, die Kinder, die sie in der Schleuse eingesperrt ließen, der Pick-up auf der Wiese, die entführten Boote, der Jäger, wobei sie sich nicht einig waren, ob die Jagdszene eine Einschüchterungsaktion war oder Zufall. Bodo und Josef glaubten an Zufall, Gero und Amalia nicht.

»Es fing doch schon mit den alten Kanus an«, sagte Gero.

»Du meinst, sie haben uns Seelenverkäufer angedreht, um uns zu ärgern?«, fragte Bodo.

»Vielleicht wollen sie ihre guten Kanus nicht verlieren.«

Sie schwiegen für einen Moment, als müsse jeder erst einsickern lassen, was das bedeutete.

»Sie haben einen Plan, von Anfang an?«, fragte Amalia.

»Vielleicht«, sagte Gero. »Vielleicht gehört der Priester auch dazu.«

»Blödsinn«, rief Josef, »du bist doch paranoid.«

Wieder erwogen sie, ihren Ausflug abzubrechen, stimmten ab und landeten bei einem Patt. Gero war immer noch dafür, abzureisen, am besten sofort, zumal er seine Familie nicht erreichen konnte und sich alle bestimmt wahnsinnige Sorgen machten. Bodo folgte seiner Schwester nicht mehr, sondern schloss sich Gero im Prinzip an, wollte die Nacht aber noch hier verbringen, um am frühen Morgen zum Bootsverleih zu paddeln. Amalia und Josef waren dafür, morgen bis zum Mittag weiterzufahren und sich dann auf den Rückweg zu machen, um die Kanus am späten Nachmittag abgeben zu können, wie es geplant war. Sie ließen offen, was sie schlussendlich tun würden, weil der Priester und die Frauen von ihrem Abendgebet zurückkehrten.

Drei Hühner wurden gefangen und vor aller Augen auf einem Holzblock geschlachtet. Amalia hätte sich beinahe übergeben, langte später aber trotzdem kräftig zu. Sie machte noch einen Versuch, mehr über die Kolonie zu erfahren.

»Was hat Sie hierher verschlagen?«

Der Priester sinnierte, streichelte die Hand der Frau neben ihm.

»In den Anden, in Peru, in Bolivien, in Chile habe ich wunderbare Menschen getroffen, reine Seelen, wie sie sich nur in außergewöhnlichen Landschaften entwickeln, in den großen Schönheiten der Natur. Diese Schönheit, diese Erhabenheit wandert in die Gemüter, davon bin ich überzeugt. Und was ist erhabener als ein Hochgebirge, frage ich Sie. Die schroffen Gipfel. Die Schluchten. Die Wasserfälle.«

Er nahm die Hand der Frau, küsste sie.

»Kirchen, Kathedralen aus Stein, wie lange wurde daran gebaut, wie viele Menschen wurden dafür ausgebeutet, sind zugrunde gegangen? Das sollen Gotteshäuser sein?«

Er schaute in die Runde, als erwartete er eine Antwort auf die Frage. Schweigen.

»Der Kölner Dom!«, rief er aus. »Mailand. Reims. Straßburg. Ulm. Der Petersdom. Nein. Das war nicht der Auftrag von Gott, das war der Mensch. Gott hat seine Kathedralen selbst gebaut. Ich habe sie gesehen, dort drüben in den Anden.«

Er wies in eine unbestimmte Ferne.

»Ich habe Gott gespürt. Er war da. In seinen Kathedralen, den wahren Gotteshäusern.«

Mit einer langsamen, umfassenden Bewegung seiner Arme ließ er die Berge entstehen.

»Man muss Gotteshäuser nicht bauen, man muss sie suchen. Hier habe ich welche gefunden.«

»Die Pappelalleen«, sagte Gero.

Der Priester schaute ihn an.

»Die Pappelalleen, richtig, Naturkathedralen, wie es sie schöner nicht geben kann.«

»Haben Sie die offizielle Kirche deshalb verlassen?«, fragte Josef.

»Der Irrtum war ungeheuerlich. Es war alles da, und sie haben Menschen geschunden, um etwas entstehen zu lassen, was zurückbleiben musste hinter dem, was schon existierte. Ein Verbrechen.«

Er lächelte die Frauen an.

»Diese wunderbaren Damen hier spüren das Gleiche wie ich.«

Trifle zum Nachtisch, der Priester zog sich früh zurück, mit ihm seine Gefährtinnen.

Sie waren unter sich, tranken Schnaps, den die Frauen gebrannt hatten, und fühlten sich nicht mehr verfolgt, waren in Urlaubsstimmung, der warme Abend, das Flüstern des Fließes, manchmal ein Frosch. Ihr unabgesprochenes Ziel war, Josef so weit abzufüllen, dass er preisgab, wer von ihren ehemaligen Mitschülern oder Lehrern auf Potenzmittel angewiesen war. Er lachte wissend, blieb aber verschlossen, sodass sie ihm Angebote machten, ihn bedrängten, ihm Schnaps eingossen und ihn zum Trinken animierten. Sie nannten Namen, er müsse nur nicken oder den Kopf schütteln. Josef verweigerte auch das.

Später, als sie das Spiel schon beendet hatten, gab er zu, dass er tatsächlich manchmal in den alten Dateien und Akten nachschaue, wer von seinen Bekannten früher welche Medikamente eingenommen habe und auf welche Gebrechen das schließen ließ.

»Als läse man in einem Tagebuch«, sagte er.

Bodo und Gero wollten Details hören, Namen, Krankheiten, aber das versagte sich Josef. Es würde ihn die Apotheke kosten. Sie drängten weiter, Amalia beteiligte sich nicht, stand nach einer Weile auf und setzte sich an das Fließ, in dem sich der Mond weiß spiegelte. Um an nichts anderes denken zu müssen, dachte sie an Fabian, an seinen ersten Besuch im Haus ihrer Eltern, kurz nach der Trennung von Josef.

Zunächst war es gar nicht so übel gelaufen, wenn man bedachte, wie verschieden die Welten waren, in denen sie lebten, Fabian und Amalias Eltern, deren Welt zu einem großen Teil auch Amalias war. Fabian schlug sich nicht schlecht, sagte nichts Dummes und konnte Impressionismus von Expressionismus unterscheiden, was für ihre Eltern sozusagen die Basis des Menschseins war. Darunter begann mehr oder weniger das Tierreich, unterstellte jedenfalls Amalia ihren Eltern.

Natürlich fanden sie es befremdlich, dass sich ihre Tochter einen solchen Mann ausgesucht hatte, aber sie kannten die Umstände, wussten, was zuvor geschehen war, und hielten Fabian von Anfang an für einen Mann des Übergangs. Als solchem entwickelten sie an jenem ersten Abend durchaus Sympathien für ihn.

Leider bestanden sie zu später Stunde darauf, Fabian hinauszubegleiten. So sahen Amalias Eltern, mit welchem Auto er gekommen war, dem Toyota, der, wie alle Rallyeautos, eine Straßenzulassung besaß, und zwei Fahrzeuge konnte sich Fabian nicht leisten, weshalb er auch privat mit dem Toyota unterwegs war. Als ihre Mutter das Auto erblickte, betrachtete es Amalia mit deren Augen, dachte, was die Mutter jetzt wohl denken würde, weil sie es selbst gedacht hatte, als Fabian sie zum ersten Mal mit dem Nadelstreifengefährt abholte. Die Silhouette der nackten Frau an der Stange, das Wort »Tabledance-Bar«. Daneben. Nein, abscheulich.

Später würde die Mutter diesem Auto einen Namen geben, den Amalia nicht vergessen konnte, der sich in ihr Gemüt einbrannte und einer der Gründe war, warum sie zu Hause auszog. Das geschah an einem anderen Abend, Amalia war da schon ein knappes Jahr mit Fabian zusammen, war seine Beifahrerin und in der Lage, eine Menge finnischer Namen flüssig daherzusagen: Rauno Aaltonen, Simo Lampinen, Timo Mäkinen, Hannu Mikkola, Markku Alén, Ari Vatanen, Pentti Airikkala, Timo Salonen, Henri Toivonen, Juha Kankkunen, Harri Rovanperä, Jari-Matti Latvala und Kyösti Hämäläinen, dessen Namen sie wegen der vielen Umlaute am schönsten fand. Kyösti Hämäläinen konnte sie minutenlang lustvoll wiederholen, konnte sie singen. Sie alle waren Fabians Helden, exzellente Rallyefahrer, die das kleine Finnland in großer Zahl hervorbrachte, echte Künstler, wie er gerne sagte, einmal leider auch vor den Ohren ihrer Eltern, die beide geübt darin waren, verächtlich und hochnäsig zu gucken. Hier erreichten sie einen Gipfel in dieser Disziplin.

Einmal fragte der Vater Amalia nach Henri Toivonen. Sie war überrascht.

»Woher kennst du diesen Namen?«

»Es ist der Name eines Toten«, sagte ihr Vater, dem es niemals einfiel, eine Frage direkt zu beantworten.

»Aber woher kennst du ihn?«

»Es gibt Bücher auch zum Abseitigen. Du scheinst es ja ernst zu meinen mit diesem Mann.«

»Beim Rallyefahren stirbt nur selten jemand, das ist ein sicherer Sport.«

»Ob es ein Sport ist, möchte ich dahingestellt lassen. Es ist in jedem Fall eine Tätigkeit, die einen das Leben kosten kann.«

»Für stellvertretende Museumsdirektoren gilt das in der Tat nicht«, sagte sie mokant.

Die folgende Diskussion fruchtete nichts, aber Amalia war ein bisschen gerührt, dass sich ihr kunstsinniger Vater mit dem Rallyesport befasst hatte, aus Sorge um sie.

Ihre Mutter hingegen hatte Amalia allen Ernstes gefragt, ob Fabian seinen Toyota nicht in der Parallelstraße abstellen könne, damit nicht jeder sähe, dass er »gewissermaßen« zu ihnen gehöre. Das war unter ihrem Niveau, so spießig war ihre Mutter eigentlich nicht.

Der Vater bezahlte ihr hin und wieder ein Taxi, wenn sie ihn in der Kunsthalle besuchen wollte, um so zu vermeiden, glaubte Amalia, dass seine Tochter vor dem Museum aus einem so verdächtigen Auto steigen würde.

Ihr hingegen machte es eine diebische Freude, sich genau dort von Fabian absetzen zu lassen. Eine Weile lang übte sie nachts auf dem großen, dann leeren Parkplatz des Museums Wenden aus voller Fahrt um 180 Grad, unter Einsatz der Handbremse und nach Fabians Anleitung. Ihr Vater untersagte das, nachdem ihm der Wachdienst Mitschnitte der Überwachungskameras gezeigt hatte. Amalia freute sich zu sehen, dass ihr einige Wenden geradezu finnisch gut gelungen waren, und sagte das auch so.

Verbote, Diskussionen. Die Mutter schimpfte auf die »tiefergelegte Prollkiste«, worauf Amalia ihr sagen konnte: »Rallyeautos sind das Gegenteil, sie werden höhergelegt, damit sie auf den Feldwegen nicht so leicht aufsetzen und der Unterboden keinen Schaden nimmt.«

Fabians Worte. Aus ihrem Mund.

»Wie du schon redest«, zischte ihre Mutter. Und dann: »An den Klimawandel denkst du wohl gar nicht mehr.«

Streit, die halbe Nacht.

Als ihre Mutter einen runden Geburtstag hatte, gab sie ein Essen, zu dem auch Fabian eingeladen war, notgedrungen, sonst hätte sie auf Amalias Teilnahme verzichten müssen. Nach einem gelungenen Abend, bei dem Fabian zwei Gäste für Rallyegeschichten interessieren konnte, ging er als Letzter. Amalia begleitete ihn hinaus, ein kurzer Abschied, da sie am Nachmittag über irgendeine Kleinigkeit gestritten hatten. Amalia war deshalb schneller als erwartet zurück in der Küche, wo ihre Eltern die Spülmaschine einräumten, und hörte ihre beschwipste Mutter sagen, dass der »Nuttenschlitten« endlich verschwinden würde.

Was für ein Ausbruch, der diesen Worten folgte. Was für ein Streit. Amalia bezog das Wort auf sich, obwohl ihre Mutter hundertmal beteuerte, dass sie die aufgeklebten Tänzerinnen damit meinte, nicht ihre Tochter, natürlich nicht. Aber Amalia wollte nicht von dem Vorteil lassen, den ihr diese Deutung gewährte. So wirkte das Wort besonders infam und zutiefst ungerecht, umso größer konnte die Anklage gegen ihre Mutter sein. Die eigene Tochter eine Nutte zu nennen!

»Das habe ich nicht!«, schrie ihre Mutter verzweifelt.

»Du hast das gesagt!«, schrie Amalia zurück.

Ihr Vater versuchte zu vermitteln, drang aber nicht durch.

Amalia fand das Wort an sich schlimm, auch wenn es sich nur auf die Werbung beziehen würde. Fabian war ihr Freund, der Toyota sein Auto, sie darin die Beifahrerin.

Später in der Geburtstagsnacht ließ sie sich kurz auf eine

Diskussion zu der Frage ein, ob Pole-Tänzerinnen Nutten genannt werden dürften. Nein, sagte sie, weil ihr Fabian auf ihre Fragen hin erzählt hatte, dass es den »Damen in der Bar«, wie er sagte, verboten sei, mit den Gästen »intim zu werden«; sie hätten ordentliche Arbeitsverträge, seien sozialversichert und zahlten Steuern. Das gab sie nun weiter, hörte dabei aber erneut jemanden aus ihr sprechen, der nicht sie selbst war, und kehrte zurück auf das andere Gleis, um ihre Mutter noch einmal mit Volldampf zu attackieren.

»Du hast mich doch in diese Beziehung getrieben.«

Ein Aufjaulen ihrer Mutter, fast ein klagender Tierlaut.

Zwei Wochen später zog Amalia zu Fabian, lebte zwischen seinen sachlichen Möbeln, unter denen eine Vitrine mit Pokalen herausstach. Mit dem Studium kam sie gut voran, ihre Noten waren hervorragend.

Sie saßen oder lagen auf dem Steg, Beine baumelten im Wasser. Josef hatte ihnen, wie bei jedem Ausflug, »etwas gemischt«, ein Pülverchen, das sie alle in ausgelassene Stimmung versetzte. Bunte, glühende Welten, ein bisschen wie am Ende von Kubricks »2001: Odyssee im Weltraum«, als das Raumschiff in andere Sphären vordringt, dachte Amalia. Es wurde still auf dem Steg. Jeder blieb für sich, in seinem immer nebligeren Universum.

Als Amalias Bewusstsein in die wahre Welt zurückkehrte, brauchte sie eine Toilette. Sie ging ins Haus, schaute wieder in das Zimmer, in dem am Nachmittag der Priester geschlafen hatte. Überall Kerzen. Eine der Frauen zupfte nackt an einer Gitarre, die anderen lagen eng umschlungen auf dem Boden und hatten träge Sex miteinander. Der Priester lag auf dem Sofa und schaute ihnen reglos zu. Neben ihm saß der Mann mit der »John Deere«-Mütze.

Amalia drehte um und huschte hinaus, zurück zum Steg.

Es kostete sie einige Mühe, die anderen so wach zu machen, wie sie nun selbst war, und in Wahrheit gelang es ihr nicht richtig. Wer denn dieser John Deere sei, fragte Bodo viermal, und auch nach Amalias vierter Antwort schaute er noch dumpf ins Wasser. Mit Gero und Josef konnte sie immerhin diskutieren, was das heißen mochte, dass dieser Mann hier war. Keiner hatte eine schlüssige Erklärung. Sie überlegten, ob sie rasch aufbrechen sollten, verwarfen das aber. Sie waren zu stoned, um paddeln zu können, und verabredeten, im Zwei-Stunden-Rhythmus Wache zu halten, erst Amalia, dann Josef, Gero und zuletzt Bodo. Die Männer gingen zum Schlafen in die Zelte. Amalia saß alleine auf dem Steg, aber nach einer Viertelstunde kam Josef zurück, und sie taten ohne einleitende Worte das, wonach sich Amalia seit zehn Jahren, seit ihrer überstürzten Trennung, gesehnt hatte: Sie schliefen miteinander. Er war vorsichtig, mied ihre verbrannte Haut.

XII

Amalia schreckte hoch, weil sie Stimmen hörte. Josef schlief noch, sie kroch aus dem Zelt und sah, wie der große Kahn mit dem Priester und den Frauen ablegte. Bodo saß am Ufer und winkte ihnen nach.

»Hauen die ab, um nicht dabei zu sein, wenn wir fertig-gemacht werden?«, fragte sie.

»Was?«

In seinen Augen sah sie, dass ihr Bruder sich nicht daran erinnerte, was sie in der Nacht besprochen hatten.

»Sie fahren zum Morgengebet«, sagte er.

Die Sonne stand tief über den Bäumen, Nebel floss zäh über die Wiesen. Leichter Wind, Wolkenfetzen. Sie rieb sich dick mit Sonnencreme ein, während sie ihrem Bruder erzählte, was sie in der Nacht beobachtet hatte. Ihr waren inzwischen Zweifel gekommen, ob das alles wirklich so passiert war oder ob es mit Josefs wundersamem Pulver zu tun hatte. Insbesondere bei John Deere war sie sich nicht sicher. War das wieder ein Traum gewesen? Sie behielt das für sich.

Sie weckten die anderen. Unausgesprochen war klar, dass sie den Ausflug abbrechen würden. Während die Männer die Boote beluden, studierte Amalia die Karte und prägte sich den Rückweg ein. Bodo bestand darauf, mit seiner Schwester in einem Boot zu sitzen.

Als sie die Pappelallee erreichten, sahen sie den Kahn des Priesters. Er stand im Heck, den Frauen auf den Bänken zugewandt, und las aus einem Buch vor. Es war kühl unter den Bäumen, in der Naturkathedrale, wie der Priester gesagt hatte, die Luft war feucht. Der Kahn lag quer im Fließ, und Amalia dachte kurz, sie wollten ihnen den Weg abschneiden. Aber von hinten näherte sich niemand. Eine der Frauen nahm die Stocherstange und manövrierte den Kahn in Längsrichtung, sodass die Kanus ausreichend Platz hatten, um zu passieren. Sie paddelten vorbei, der Priester sprach weiter, auf Latein. Niemand schaute nach ihnen, niemand sagte etwas. Sie verließen die Kathedrale, zunächst mit ruhigen Schlägen, dann schneller und schneller, als wären sie auf der Flucht. Die Paddel peitschten durchs Fließ, Wasser spritzte auf, bis Bodo anfing zu lachen.

»Was ist?«, fragte Amalia.

Bodo lachte und lachte. Sie merkte, dass er nicht mehr paddelte, und hielt ebenfalls inne.

»Was ist los?«, fragte sie keuchend.

»Haben wir wirklich Angst vor einem Priester und seinen Weibern?«

»Die Weiber kannst du dir sparen.«

Aber sie schämte sich ein bisschen.

Ruhig fuhren sie weiter. Zwei Abzweige kurz hintereinander, einmal rechts, einmal links, aber beim letzten war sie sich nicht mehr sicher, ob sie noch auf der geplanten Route paddelten. Sie sagte nichts, das wäre zu peinlich gewesen, und ein bisschen fürchtete sie Bodos Schandmaul. Hatte sie in Wahrheit immer getan. Und sich dagegen aufgelehnt.

»Am Wegzwiesel links«, sagte sie.

»Was?«

»Am Wegzwiesel links.«

»Fang nicht wieder damit an.«

Manchmal gefiel es ihr, Wörter zu benutzen, die sie in alten Schriften gefunden hatte, vergessene Wörter, die sie in Grimms Wörterbuch nachschlagen musste. Schöne, anheimelnde Wörter, die sie nicht mehr vergaß, aber nur Bodo gegenüber verwendete. Es war prätentiös, es war peinlich, so altertümlich und exklusiv zu sprechen, schon klar. Deshalb taugten sie nur dafür, ihren Bruder zu ärgern.

»Ist doch ein herrliches Wort.«

»Motherfucking Wegzwiesel«, sagte Bodo.

Sie musste lachen, obwohl sie das nicht wollte.

»Sind wir quitt?«, fragte sie.

»Womit?«

»Du die Weiber, ich den Wegzwiesel.«

»Wir sind quitt.«

Freude. Das schöne, warme Gefühl für ihren Bruder.

Nach dem Abzweig näherten sie sich einer Schleuse an einem Ort, an dem es laut Plan keine Schleuse hätte geben dürfen. Amalia sagte immer noch nichts, diese Pläne waren bestimmt nicht exakt. Kinder trafen sie nicht an, schleusten selbst, die Umgebung wachsam im Blick. Libellen, blaue Vögel. Die drei Männer blieben oben, Amalia war alleine in der Kammer, mit beiden Booten, die aneinandergebunden waren, alleine zwischen grauen Betonwänden, oben hellgrau, unten, wo das Wasser war, dunkelgrau. Würde sie die Männer wiedersehen, Josef, ihren Bruder, Gero?

»Kyösti Hämäläinen«, sagte sie vor sich hin, dieser Name konnte sie trösten. »Kyösti Hämäläinen, Kyösti Hämäläinen, Kyösti Hämäläinen, Kyösti Hämäläinen, Kyösti Hämäläinen.«

Dann war sie unten, das Tor öffnete sich, die Männer stiegen ein, sie fuhren weiter.

Mit Josef hatte sie noch kein Wort gewechselt, nur einen Blick getauscht. Bevor sie in der Nacht auseinandergegangen waren, hatten sie sich darauf verständigt, dass dies ihr Geheimnis bleiben würde, auch vor Bodo und Gero. Amalia ersparte Josef, aussprechen zu müssen, dass seine Frau das unter keinen Umständen erfahren dürfe. Sie sagte es selbst. Um Josef einen Gefallen zu tun, aber auch sich selbst. Seine Reue hätte sie nur schwer ertragen.

Es war fast Mittag, als sie um eine Kurve bogen und in der Mitte der folgenden Geraden einen leeren Stocherkahn erblickten. Rechts und links des Fließes standen Bäume, breit genug, dass sich dahinter jemand verstecken konnte, dachte Amalia. Sie starrte, als wollte sie durch die Stämme hindurchschauen.

Langsam näherten sie sich dem Kahn. Sein Bug hatte sich zwischen den ins Wasser hinabreichenden Wurzeln eines Baumes verhakt. Etwas schien von der Bordwand herunterzuhängen, aber Amalia konnte nicht erkennen, was das war. Ihre Augen wanderten vom Kahn zu den Bäumen, zu den Wiesen dahinter und wieder zurück, sahen nichts Auffälliges, wanderten erneut.

»Das ist ein Straußenkopf«, rief Gero, der im Bug des anderen Boots saß.

Jetzt sah es Amalia auch. Der rötliche Schnabel, die überdimensionierten Augen, der haarige Kopf, ein Stück vom grauen Hals. Langsam glitten sie auf den Kahn zu.

»Meine Güte«, stieß Bodo aus.

Ein toter Strauß lag quer über den Bänken, sein Hals war ungefähr in der Mitte aufgeschlitzt. Blut tropfte auf das Holz, er war wohl noch nicht lange tot.

»Die wollen mich«, sagte Josef.

Es drängte Amalia, ihn in den Arm zu nehmen, sie glaubte jedoch nicht, dass sie das nach dieser Nacht unbefangen tun könnte. Jeder würde merken, was los war.

»Warum machen die das?«, fragte Bodo. »Ich verstehe den Sinn nicht.«

»Den Sinn, mich zu töten?«

»Nein. Warum sie den Vogel gekillt haben. Wenn sie dich killen wollten, und ich hoffe und glaube nicht, dass sie das vorhaben, könnten sie dich erschießen, mit einer Scheißarmbrust oder womit auch immer.«

»Kommt vielleicht noch«, sagte Josef.

»Sie wollen uns erschrecken«, sagte Amalia.

»Das glaube ich nicht«, sagte Gero. »Die wollen mit uns spielen, um uns dann zu killen.«

»Warum uns?«, fragte Amalia und hätte das im selben Moment lieber nicht gefragt, weil ihr sofort klar wurde, dass sie Josef damit isoliert hatte. Aber ihr fiel nichts ein, womit sie ihre Äußerung ungeschehen machen konnte. Der Satz blieb stehen, auch weil niemand sonst etwas sagte.

Ein Windstoß rauschte durch das Schilf, löste ein Zittern

aus. Der Kahn mit dem toten Strauß und die beiden Kanus schwankten leicht. Amalia schaute angestrengt nach rechts zu dem Wäldchen, das ungefähr zweihundert Meter entfernt lag. Wenn akute Gefahr drohte, dann von dort. Alle guckten dorthin.

»Okay«, sagte Josef, »wir hauen ab. Wie lange brauchen wir bis zu unserem Auto, Amalia?«

Sie hatte solche Angst vor dieser Frage gehabt, und nun war sie da, gestellt ausgerechnet von Josef, für den ihre Antwort am bittersten war. Ein kurzes Zögern, dann musste es raus.

»Ich weiß leider nicht, wo wir sind.«

»Wie?«, entfuhr es Gero.

»Warst du nicht Beifahrerin?«, höhnte Bodo und klatschte dabei das Blatt seines Paddels flach auf das Wasser.

»Was hat das damit zu tun?«, fauchte sie ihn an, ein bisschen dankbar dafür, dass ihr Unrecht geschehen war, dass sie ablenken konnte von ihrer Orientierungslosigkeit.

»Fabian und ich haben uns kein einziges Mal verirrt.«

Und so war es gewesen: Sie hatte auf den Zwischenetappen stets auf Anhieb den Weg gefunden.

»Zeig mal die Karte«, sagte Josef, und Amalia war dankbar, dass kein Vorwurf aus seiner Stimme klang.

Sie legten die beiden Kanus mit ein paar Schlägen nebeneinander, sodass Josef praktisch neben ihr saß. Amalia reichte ihm die Karte und zeigte mit einem Finger auf die Stelle, wo sie ihren Standort vermutete.

»Hier ungefähr.«

»Ungefähr. Ich fasse es nicht«, schnaubte Bodo.

»Halt mal die Klappe«, sagte Josef freundlich.

Er studierte die Karte, dann die Gegend, dann wieder die Karte, erneut die Gegend.

»Keine Ahnung, wo wir sind«, sagte er.

»Wer nicht weiß, wo er ist, weiß auch nicht, wo sein Ziel liegt«, sagte Bodo.

»Wie schlau du bist«, zischte Amalia.

»Weißt du wenigstens, in welche Richtung wir bislang gefahren sind?«, fragte Bodo.

»Eher nach Osten.«

»Also müssen wir jetzt nach Westen fahren«, sagte Gero und zeigte, nach einem Blick zur Sonne, ungefähr in Fahrtrichtung, vielleicht um dreißig Grad versetzt.

»Dann nehmen wir den nächsten Abzweig nach rechts«, sagte Josef.

Er versetzte dem Stocherkahn einen sanften Stoß, sodass er langsam davontrieb. Fast gleichzeitig nahmen die vier ihre Paddel auf und machten sich auf nach Westen. Nur unwillig suchte Amalia einen gemeinsamen Rhythmus mit ihrem Bruder, weil sie ihm übelnahm, dass er sie gezwungen hatte, Fabian zu erwähnen, vor Josef. Hatte er doch! Sie schlingerten dahin, bis Bodo sagte: »Es tut mir leid. Ich wollte dich nicht verletzen. Und schon gar nicht wollte ich irgendwas andeuten.«

Sie sagte nichts, grollte noch eine Weile, sagte dann: »Ich glaube nicht, dass es der Typ mit der Armbrust war. Erstens hatte der Strauß keine Schusswunde, soweit ich das sehen konnte, und zweitens waren die beiden nicht von hier. Ich glaube nicht, dass die diese Aktion mit John Deere ausgeheckt haben.«

»Glaubst du auch, dass es um Josef geht?«, fragte Bodo,

nachdem er sich mit einem Blick nach hinten vergewissert hatte, dass das andere Boot außer Hörweite war.

»Der Züchter sagte doch, dass manche Einheimische in den Vögeln Fremde sehen.«

Der Himmel war sehr klar heute, und nun erblickte Amalia in der Ferne die bläulich schimmernden Hügel, die sie schon auf der Fahrt hierher gesehen hatte. Erneut griff sie nach der Karte, versuchte, die Hügel oder sonst ein Merkmal der Landschaft ringsum wiederzufinden, aber es gelang ihr nicht.

Josef und Gero holten bald auf, da Bodo nur noch alleine paddelte.

»Das glaube ich nicht, dass die dich aus Fremdenfeindlichkeit umbringen würden«, sagte Bodo.

»Wieso Fremdenfeindlichkeit?«, sagte Josef scharf, »warum bin ich ein Fremder?«

»Du bist kein Fremder für mich, das ...«

»Ich bin überhaupt kein Fremder in Deutschland, ich bin hier geboren, ich habe die gleiche Staatsangehörigkeit wie du. Wenn du hier kein Fremder bist, bin ich auch keiner.«

»So habe ich das nicht gemeint, und das weißt du auch.«

»Woher soll ich das wissen? Mann, ich bin so was von deutsch, und du kommst mir mit Fremdenfeindlichkeit.«

Die letzten Worte schwebten eine Weile über dem Fließ, bis Amalia sagte: »Das wissen wir, Josef. Bodo hat es wirklich nicht böse gemeint. Du kennst ihn doch.«

Bodo steuerte sein Kanu neben das andere, streckte ihm seine erhobene Hand entgegen. Ein kurzes Zögern, dann klatschte Josef ab.

»Alter«, gurrte Bodo und umarmte Josef, lehnte sich dabei weit über die Bordwand, sodass das Kanu bedenklich kippelte.

»Was sagt die Karte?«, fragte Gero.

»Noch nicht viel«, sagte Amalia. »Aber wenn wir weiter in diese Richtung paddeln, können wir den Bootsverleih nicht verpassen.«

Sie hieb ihr Paddel ins Wasser, als wolle sie diese Zuversicht durch eine Tat bekräftigen. Das Wasser sprudelte aufgebracht um die Blätter herum, ein großes Rauschen und Glucksen. Amalia war bald von oben bis unten nass, weil ihr Bruder das Paddel so heftig aus dem Wasser zog, dass jedes Mal ein Sprühregen über sie niederging. Ihre Daumen brannten, nach zwanzig Minuten hatte sie Mühe, Bodos Schlagzahl zu halten, aber sie kämpfte entschlossen. Pflaster benutzte sie längst nicht mehr, da sie auf ihren im Boot immer nassen Händen nicht klebten, bald herunterhingen und mehr störten als halfen.

Es tat ihr jetzt gut, ihren Bruder vor sich zu sehen, als würde sie ihm nur folgen müssen und alles wäre in Ordnung. Ihr kleiner Bruder, den sie behütet hatte, als er wirklich klein war. Gingen sie spazieren, durfte niemand außer ihr den Kinderwagen schieben. Später zog sie ihn morgens an, abends aus. Sie schliefen lange in einem Bett, obwohl jeder sein eigenes Zimmer hatte. Es machte ihr nichts aus, seine Spiele zu spielen, obwohl sie denen entwachsen war. Für Bodo tat sie alles.

Da war es keine Überraschung, dass sich seine Pubertät eher gegen sie richtete als gegen ihre Eltern. Bodo wollte nichts mehr mit ihr zu tun haben, ignorierte sie vollständig, ließ sie gleichsam verschwinden. Es tat ihr weh, aber sie wusste noch, dass sie genauso gewesen war, den Eltern gegenüber. Nach zwei Jahren war es ausgestanden, er kehrte zurück aus seiner Trance, auch zu ihr. Sie waren wieder das nahezu unzertrennliche Geschwisterpaar, die Winterscheidts, von manchen durchaus gefürchtet.

So wie ihre Eltern in Amalia früh die kommende Akademikerin gesehen hatten, die Professorin, war Bodo als Künstler verplant, als Maler. Ihr Vater erkannte ein Talent in seinem Sohn, wollte es wohl auch erkennen, wie Amalia später dachte, und so wurde der Künstler Bodo mächtig gefördert, obwohl er lieber durchs Schwimmbecken kraulte. Nach einer Weile hatte er es raus, wie er erreichen konnte, dass seine Eltern auch diese Neigung förderten. Er ließ sich auf Museumsbesuche, Malkurse bei anerkannten Künstlern und sogenannte Inspirationsreisen zu bedeutsamen Orten der Kunst nur ein, indem er seine Eltern darauf verpflichtete, ihn im Gegenzug zum Training und zu Wettbewerben in ganz Deutschland und halb Europa zu fahren. Er war gut, er schien für das Wasser geboren, lang und schlaksig, hatte riesige Füße, die so krumm gestellt waren, dass er mehr watschelte als ging, die ihn aber wie Schiffsschrauben durchs Wasser trieben. Bodo siegte und siegte. aber mit siebzehn hatte er keine Lust mehr, nicht aufs Schwimmen und schon gar nicht auf die Malerei. Mit Mühe schaffte er sein Abitur, ging dann mit Gero auf eine Weltreise, von der er so richtig nicht mehr zurückkehrte.

Ein Jahr wollten die beiden weg sein, alle Kontinente bereisen, um danach ein Studium anzufangen. Auf eine Idee, welches Fach geeignet wäre, wollten sie unterwegs kommen. Gero entschied sich für Betriebswirtschaftslehre und war nach elf Monaten wieder zu Hause. Bodo hatte er in Manila zurückgelassen. »Der braucht noch Zeit«, sagte er zu Amalia. Postkarten aus Vietnam, Myanmar, Singapur, Laos, Japan. Sie sah ihn erst wieder, als sie im Krankenhaus lag. Sofort hatte er sich ins Flugzeug gesetzt, besuchte sie jeden Tag, erzählte von fernen Ländern, von schäbigen Hotels, klapprigen Bussen und kurzen Verliebtheiten, während sie sich von einer OP nach der anderen erholte. Dann begleitete er sie in die Reha, drei Monate lang, mietete sich ein möbliertes Zimmer in der Nähe der Klinik und trainierte jeden Tag mit ihr. Unter üblen Schmerzen lernten ihre geflickten Knochen, was sie einst gekonnt hatten, gehen vor allem. Wenn Amalia unter Tränen aufgeben wollte, fand Bodo einen Weg, sie in die nächste Runde zu locken. Ihre Eltern waren zu beschäftigt, um sie häufig besuchen zu können. Das war jedenfalls eine Erklärung, auf die sich alle stillschweigend geeinigt hatten. Als Amalia halbwegs wiederhergestellt war, verschwand Bodo aufs Neue.

So blieb es. In ihrer Wohnung in Berlin gab es ein Zimmer für Bodo, das sie meistens für Gäste nutzte, aber wenn er zurückkam, war es seins. Ein Bett, ein Schrank, ein Stuhl, sogar eine Staffelei, denn hin und wieder malte er, meist pointillistische Porträts ihrer Freundinnen und Bekannten, für die er jeweils eine dreistellige Summe erzielte. Außerdem half er bei Haussanierungen als Handwerker aus. So täppisch er sich auf seinen Füßen bewegte, so geschickt hantierte er mit seinen Fingern. Nach zwei, drei Monaten hatte er das Geld für die nächste Reise beisammen, eine lange Umarmung, und weg war er. Sie vermisste ihn für ein paar Tage, danach war sie ganz froh, nicht mehr täglich französischen Hip-Hop hören zu müssen. Und in ein paar Monaten würde Bodo wieder bei ihr einziehen. Darauf konnte sie sich verlassen. Zwischendurch trafen in loser Folge Postkarten ein.

XIII

Sie paddelten stumm dahin, jeder in seine Gedanken versunken. Eine lange Gerade lag vor ihnen.

»300 rechts 2«, dachte Amalia.

So hatte sie die Landschaft oft betrachtet, wenn sie im Auto saß, auch nach dem Unfall, der ihre Karriere als Co-Pilotin beendet hatte. Ein Zwang, der nur langsam verging. Dass es ihr wieder passiert war, beunruhigte sie nur kurz, weil sie sich fatalistisch sagte: »Ist jetzt auch egal.«

Ungefähr nach der Hälfte der Geraden spannte sich eine Brücke über das Fließ. Amalia schaute sofort auf die Karte, ob dort eine Brücke eingezeichnet war. Sie fand viele Brücken, keine jedoch in der Mitte einer Geraden.

Alle hatten aufgehört zu paddeln, sahen sie an.

»Und?«, fragte Gero.

»Ich finde die Brücke nicht. Schau du mal.«

Sie reichte die Karte in das andere Boot.

»Ich auch nicht«, sagte Gero nach einer Weile, legte die Karte weg und paddelte weiter.

Als sie näher kamen, sahen sie, dass die Brücke halb verfallen war, morsches Holz, ein eingebrochenes Geländer, durchhängende Planken. Sie stoppten die Kanus und stiegen aus. Die Männer stellten sich zum Pinkeln nebeneinander, mit dem Rücken zum Wasser. Amalia begutachtete die Brücke, setzte vorsichtig einen Fuß darauf, wurde von einem Knirschen und Knarzen gewarnt, blieb stehen.

»Es führt gar kein Weg zur Brücke«, sagte sie, ohne sich umzudrehen.

Die Hände in die Hüften gedrückt, die Arme abgewinkelt stand sie da und betrachtete die Landschaft. Das Gras war überall gleich hoch, nirgends niedergedrückt.

»Wenn es mal einen Weg gab, ist er zugewachsen.«

Die Männer waren fertig. Josef zog sein Handy aus der Hosentasche, drückte auf den Tasten herum.

»Immer noch kein Empfang, alles tot.«

Die anderen schauten nun auch.

»So ein Dreck!«, schrie Gero und warf das Handy ins Gras. »Marianne kommt um vor Sorgen, und was soll sie den Kindern sagen?«

Er setzte sich ins Gras, im Schneidersitz, verbarg sein Gesicht in den Händen.

Josef hob das Handy auf, gab es Gero zurück.

»Ich kann doch gar nichts dafür«, jammerte Gero.

»Wofür kannst du nichts?«, fragte Amalia nach einer Pause, in der sie einen Anflug von Verachtung unterdrückt hatte.

»Dass wir hier rumirren, dass meine Familie Angst haben muss um mich, dafür kann ich nichts.«

»Niemand kann etwas dafür«, sagte Josef.

Gero schwieg, kramte nach seinen Zigaretten. Amalia hörte ein Knarzen, drehte sich um und sah Bodo über die Brücke balancieren.

»Pass auf! Das ist alles morsch.«

Bodo hielt sich mit der rechten Hand am Geländer fest, den linken Arm hatte er ausgestreckt wie ein Seiltänzer. Vorsichtig setzte er einen Fuß auf die Planken, belastete ihn stärker und stärker, bis er den anderen Fuß nachzog. Er verharrte, tastete sich weiter. Die Brücke schwankte leicht, ächzte. Gebannt schauten die anderen zu, als hinge ihr Fortkommen davon ab, dass es Bodo zum anderen Ufer schaffte. Dann war er drüben, reckte die Arme in die Luft, zeigte mit beiden Händen das Victory-V.

»Toll«, sagte Amalia.

»Ist viel schöner hier auf dieser Seite«, rief Bodo.

Auf dem Rückweg fiel er ins Wasser, wie erwartet, dachte Amalia. Das Geländer gab nach, splitterte, brach, und Bodo verlor das Gleichgewicht, hatte sich zu stark mit der Hand abgestützt beim Vorwärtstasten. Mit den Armen rudernd plumpste er in das Fließ – ein, trotz der Umstände, köstlicher Anblick. Amalia lachte laut auf, Josef auch. Gero saß apathisch im Gras, gab keinen Laut von sich. Als Bodo an Land kletterte, krachte die Brücke zusammen.

»War ich das? Oder eine Mine?«

Für einen Moment erwog Amalia tatsächlich, ob jemand aus der Ferne die Brücke gesprengt haben könnte. Sie schaute sich um, ärgerte sich dann über sich selbst.

»Das warst du mit deiner Eselei«, sagte sie.

»Und wir können jetzt den ganzen Mist wegräumen, damit wir weiterkommen«, sagte Josef.

Die Brücke war in der Mitte eingeknickt, Planken und Teile des Geländers versperrten den Weg. Bodo zog die nassen Sachen aus, breitete sie zum Trocknen ins Gras und sprang zurück ins Wasser, um die Trümmer wegzuräumen. Vom Ufer aus zogen und zerrten Josef und Amalia am toten Holz. Gero blieb im Gras sitzen.

»Du könntest ruhig auch helfen«, sagte Josef.

»Wir wissen ja noch nicht einmal, ob wir in diese Richtung weiterfahren müssen.«

»Dort ist Westen.«

»Mag sein. Aber wer sagt uns, dass wir wirklich nach Westen müssen? Vielleicht hat uns Amalia die ganze Zeit falsch geführt.«

»Das habe ich nicht.«

Gero schwieg. Amalia hörte auf zu arbeiten, zog sich einen Splitter aus dem rechten Handballen.

»Du hast ja jetzt die Karte. Mach es einfach besser.«

»Je mehr du anpackst, desto schneller kommen wir hier weg«, rief Bodo.

Gero stand auf und half.

Nachdem sich Bodo trockene Sachen angezogen hatte, steuerten sie vorsichtig durch die schmale Fahrrinne, die sie freigelegt hatten. Auf einem Stück Geländer, das im Wasser trieb, sah Amalia ein A und ein D, dazwischen ein etwas schiefes Herz. Wer mochte D sein? Es gab keinen D in ihrem Leben, jedenfalls keinen wichtigen. Sie fahndete nach einem D unter den Männern, die sie über Tinder getroffen hatte, gab das aber bald auf. Ein Herz hätte zu denen nicht gepasst. Manche hatten ihr nach einer gemeinsamen Nacht ein rotes Herz gesimst, der eine oder andere sogar ein unablässig pumpendes. Wie peinlich. Damit war endgültig erledigt, was ohnehin kaum je eine Chance hatte. Sie traf diese Männer zum Vergnügen, nicht aus Sehnsucht nach Gefühlen oder

Bindung, und sie hasste Emojis. Niemals würde sie ein Emoji verschicken, kein Herz, keinen Smiley, nichts. Was zu sagen war, konnte geschrieben werden. Wem dazu die Worte fehlten, der hatte in ihrem Leben nichts verloren. Außer Bodo, der ihr hin und wieder ganze Massenaufläufe von Emojis schickte, um sie zu ärgern. Manchmal ließ sie sich dazu hinreißen, mit einem besonders doofen Smiley zu antworten, weil sie wusste, dass ihn das diebisch freute, in Kathmandu, in Addis Abeba oder Wisconsin, wo immer er gerade steckte.

Bei der nächsten Abzweigung entschied sich Gero dafür, in das kleinere Fließ hineinzusteuern. Es war so eng, dass die Boote nicht mehr nebeneinander fahren konnten. Manchmal berührte Amalia mit dem Blatt unter Wasser die Schilfhalme, weshalb es mühsamer war, das Paddel durchzuziehen. Sie kamen nur langsam voran. Amalias Hände schmerzten, die Blasen, die Wunde im Handballen.

»Das ist nie und nimmer der Weg zu unserem Auto«, sagte Bodo leise zu Amalia.

Sie sah auf ihre Uhr. Es war 14 Uhr. Sie hatte gehofft, vor Anbruch der Dämmerung in Berlin zu sein. Sie wollte ein Bad nehmen, sich ein Glas Weißwein einschenken, ihre Hände versorgen. Das lag außer Reichweite, wenn nicht der Bootsverleih gleich hinter der nächsten Kurve auftauchte. Was er nicht tat.

Das Fließ öffnete sich, wurde breiter, das Schilf stand dünner, der Blick weitete sich. Wieder eine weite Ebene, nach links begrenzt von den bläulichen Hügeln, nach rechts von einem Wald. Amalia sah einen Raubvogel kreisen, ohne

Flügelschlag, schwebend. Könnte sie nur sehen, was er sah, den Überblick haben, den Bootsverleih erspähen. Er flog davon, auf die Hügel zu.

Die nächste Schleuse. Erneut Anspannung. War da jemand? Nein, da war niemand, niemand zu sehen jedenfalls. Sie stiegen aus, stellten fest, dass die Handräder eingerostet waren. Einer nach dem anderen versuchten sich die Männer daran, sie zu lösen, drehten ächzend, stöhnend, schreiend, unter Aufbietung letzter Kräfte, aber vergeblich. Schläge mit der Handfläche gegen das Metall, Tritte, auch mit Anlauf wie aus Kung-Fu-Filmen. Die Korrosion erwies sich als überlegen.

»Lasst mich mal«, sagte Amalia.

Fast feindliche Blicke trafen sie, als fühlten sich die drei nur wegen der Annahme beleidigt, sie könne stärker sein als sie. Aber das war sie nicht. Aufatmen bei den Männern.

Gero schlug vor, die Boote von der einen auf die andere Seite zu tragen, aber Bodo fand das »unelegant«.

»Wir fahren, die Walze ist nicht hoch. Das macht Spaß.«

Sie inspizierten die Walze, und tatsächlich ging es nur knapp einen Meter hinab, und die Strudel unten gebärdeten sich nicht allzu wild, kaum weißes Wasser. Sie stiegen in die Boote, Josef zu Amalia, Bodo zu Gero, und steuerten auf die Kante zu, Amalias Kanu zuerst. Kurz vorher hob sie das Paddel, der Bug schwebte für einen Moment in der Luft, kippte nach vorn, tauchte ein, sofort wieder auf, kleine Schaukelei, schon lag das Boot wieder ruhig auf dem Fließ, fast enttäuschend. Die anderen folgten genauso sicher.

XIV

Sie paddelten knapp zwei Stunden, bis Gero endlich einräumte, dass er nicht wisse, wo sie seien. Schnelle Blicke auf die Handys, kein Empfang.

»Jetzt bist du mal dran«, sagte Gero und reichte Josef die Karte über die Bordwände hinweg.

»Warum sagst du das so aggressiv?«

»Ich sage das nicht aggressiv. Aber deinetwegen schippern wir hier rum, und deshalb streng dich an, dass wir hier rauskommen. Ich muss heute Abend zu Hause sein.«

»Warum meinetwegen?«

Gero sagte nichts, tauchte sein Paddel ins Wasser, paddelte schwerfällig, weil Bodo nicht mitzog.

»Was ist? Wir dürfen keine Zeit verlieren.«

»Josef hat dich was gefragt.«

Gero hielt inne, drehte sich zu Josef um.

»Sie verfolgen dich, nicht mich, nicht Bodo, nicht Amalia.«

»Und warum mich?«

»Das weißt du selbst.«

»Wegen meiner Haut?«

»Warum musstest du denen in das Auto pissen? Das war komplett überflüssig, und jetzt haben wir sie am Hals.«

110

»Wen haben wir denn am Hals?«, fragte Amalia. »Da ist doch niemand.«

So sicher, wie sie jetzt vorgab zu sein, war sie sich nicht.

»Und der Strauß? Wer so brutal ist, einem Riesenvogel die Kehle durchzuschneiden, bringt auch Menschen um.«

»Unser Problem ist, dass wir uns verirrt haben, nicht, dass wir verfolgt werden«, sagte Amalia.

»Warum fahren wir dann so hektisch hier rum, statt uns mal Zeit zu nehmen für die Orientierung?«

Niemand sagte etwas.

»Na also. Ihr wisst genau, was los ist. Und wenn ich an Josefs Stelle wäre, würde ich mir Mühe geben, meine Freunde aus dem Schlamassel zu befreien.«

»Hör auf, Josef eine Sonderrolle zuzuweisen«, sagte Amalia scharf. »Wir sind zusammen in dieses Schlamassel geraten, und nur zusammen kommen wir da wieder raus.«

»Wisst ihr was«, sagte Bodo, »wir machen es so wie in dieser Doku von Werner Herzog.«

»Wo sie das Boot über den Hügel schleppen?«, fragte Josef.

»›Fitzcarraldo‹ ist keine Doku«, sagte Gero.

»Ich weiß nicht mehr den Titel. Da geht es um eine Frau, die war Kind von irgendwelchen Wissenschaftlern, die am Amazonas geforscht haben, und die besuchte eine Schule in einer weit entfernten Stadt. Weihnachten ist sie nach Hause geflogen, aber das Flugzeug ist über dem Amazonasurwald auseinandergebrochen und abgestürzt. Stellt euch das vor, die fällt aus zehntausend oder so Metern aus dem Himmel, angeschnallt in ihrem Sitz, und landet in einem von diesen gigantischen Amazonasbäumen, der den Sturz abfängt, die Blätter und Zweige bremsen den Aufprall, und als sie auf dem Boden angekommen ist, hat sie nur ein paar Kratzer.«

»Okay«, sagte Amalia beklommen, »aber was hat das mit uns zu tun?« Abgesehen davon, dass sie selbst schon in einen Sitz geschnallt geflogen war, wenn auch nur kurz, dachte sie. Ein paar Kratzer, ja, aber auch ein Dutzend Brüche, darunter ein offener.

»Dann steht dieses Mädchen im Wald, weiß nicht, wo sie ist, kein Mensch weit und breit, nichts zu essen, nur Wasser aus einem Bach. Schließlich erinnert sie sich daran, weil ihre Eltern ja am Amazonas forschen, dass kleines Wasser immer zum großen Wasser will.«

»Was heißt das?«, fragte Josef.

»Ein Rinnsal fließt in einen Bach, ein Bach fließt in einen kleinen Fluss, ein kleiner Fluss fließt in einen großen Fluss, ein großer Fluss fließt in einen Strom, und ein Strom fließt in einen Ozean.«

»Genial«, sagte Amalia.

»Dann ist dieses Mädchen losmarschiert, den Bach entlang bis zum kleinen Fluss, den kleinen Fluss entlang bis zum großen Fluss, und das war ein Nebenarm vom Amazonas. Und da sie unterwegs nicht von einer Anakonda verschlungen wurde, hat sie jemand gefunden, ein Fischer oder wer auch immer. Und wisst ihr, was der irre Herzog gemacht hat? Er hat dieses Mädchen ein paar Jahrzehnte später, als sie eine ältere Frau war, dazu gebracht, mit ihm und der Kamera den ganzen Weg noch mal zu gehen. Wahnsinnsdoku.«

»Und du meinst, wir sollten das genauso machen?«, fragte Josef.

»Wir nehmen an jedem Abzweig das größere Fließ, und irgendwann sind wir am Hauptstrom von diesem dämlichen Delta.«

»So machen wir es jetzt«, sagte Amalia, und niemand widersprach.

Die Stimmung wurde besser. Sie hatten endlich eine Strategie, wie sie hier rausfinden konnten. Was am Amazonas galt, musste hier auch gelten. Eine Weile trug sie dieser Gedanke. Nach zwei Abzweigungen war das Fließ schon deutlich breiter. Bodo pfiff leise eine Melodie. Amalia bat um eine kurze Pause, da sie austreten müsse. Sie stieg aus, hockte sich auf das freie Feld. Die Männer schauten weg.

Als sie fertig war, hörte Amalia ein seltsames Geräusch, ein Schwirren oder Surren in der Luft. Die Männer hörten es jetzt auch, schauten zum Himmel, der inzwischen von Wolken bedeckt war.

»Dort oben«, sagte Josef und zeigte mit einem Finger nach rechts, wo der Wald lag.

Amalia erblickte etwas, was aussah wie eine gigantische Libelle, ein Flugobjekt, das sich langsam in ungefähr zehn Metern Höhe näherte, unten ein fester Körper, oben flirrende Schemen, als drehten sich dort Flügel oder Rotoren.

»Eine Drohne!«, rief Josef.

»Wer steuert das Ding?«, fragte Amalia.

Ihre Blicke wanderten von der Drohne zum Waldrand, wo jedoch niemand zu sehen war. Gleichwohl musste jemand dort sein, sie waren nicht alleine in dieser Landschaft.

»Da hängt was dran!«, rief Bodo. »Was ist das?«

Jetzt sah Amalia es auch, die Drohne transportierte etwas,

das aussah wie ein Päckchen, hellbrauner Umschlag. Sie schwebte im Sinkflug heran, überquerte das Fließ zwei Meter über ihren Köpfen, machte einen Bogen und landete fünf Meter voraus im Gras, unweit des Ufers. Sofort stieg sie wieder auf, ohne das Päckchen. Als die Drohne das Fließ überflog, warf Bodo sein Paddel nach ihr, traf nicht. Sie schwirrte davon in Richtung Wäldchen.

Amalia lief zu dem Päckchen.

»Vorsicht!«, rief Bodo.

Eine Versandtasche, DIN A4, stark ausgebeult, verknittert. Amalia hockte sich daneben, unschlüssig, ob sie das Objekt wirklich aufheben sollte, als könnte es eine Sprengfalle sein. Bodo stand jetzt neben ihr. Sie hob das Päckchen hoch, es war schwerer als erwartet.

»Was ist da drin?«, fragte Bodo.

Sie befühlte das hellbraune Papier, strich über die Beule und erschrak, als sie erkannte, was in der Versandtasche war.

»Ich glaube, es ist eine Pistole«, sagte sie, während sie Bodo das Päckchen reichte.

Er fühlte ebenfalls, rickte, riss das Papier auf und hatte einen Revolver mit einem kurzen Lauf in den Händen, hielt ihn ungeschickt, mit spitzen Fingern, weit weg von seinem Körper.

»Scheiße.«

»Was ist das?«, fragte Josef vom Boot aus.

»Ein Revolver. Behaltet den Waldrand im Auge.«

»Ist er geladen?«, rief Gero.

»Ich weiß nicht.«

Amalia fasste nach dem Revolver, drehte vorsichtig an

der Trommel, sah Messing zwischen dem dunklen Stahl auf-
blitzen.

»Eine Patrone ist drin.«

Sie saßen im Gras, der Revolver lag in ihrer Mitte. Seit einer
Weile rätselten sie, warum man ihnen eine Waffe geschickt
hatte, eine Waffe mit einer Patrone. Und warum nur einer?

Amalia hatte den Umschlag eingehend untersucht, aber
keinen Zettel gefunden, keinen Brief, keine Aufschrift. Was
wollten die? Wer war so blöd, seine Gegner zu bewaffnen?
Wollte man ihnen ein Duell ankündigen? Das waren die Fragen, die sie stellten und auf die sie keine überzeugenden
Antworten fanden.

»Soll einer von uns Selbstmord begehen?«, fragte Bodo
ratlos.

Niemand wollte Josef anschauen, aber genau das machte
ihn zum Fixpunkt, dachte Amalia sofort, schuf ein Innen und
ein Außen. Er war außen. Armer Josef.

War es nicht immer so gewesen, dass sie ihn in Situatio-
nen stießen, die mehr als unangenehm für ihn waren? Sie
dachte an die Theater-AG an der Schule. Meistens übernahm Josef die Hauptrolle, weil er der beste Schauspieler
war. Dann setzte sich der Leiter der Theater-AG, ein Deutschlehrer, in den Kopf, »Othello« aufzuführen, weil er fand, dafür
genau den richtigen Schauspieler zu haben. Eine Schülerin
sagte sofort, dies sei rassistisch.

»Warum?«, fragte der Lehrer. »Warum soll es rassistisch
sein, eine schwarze Figur mit einem Schwarzen zu besetzen?«

»Weil man damit unterstellt, dass er anders ist.«

Einige stimmten ihr zu, andere bildeten eine Gegenfraktion. Ein Schüler sagte, es sei genauso rassistisch, einem Schwarzen die Rolle zu verweigern, weil man auch dies mit Blick auf seine Hautfarbe tue, also ebenfalls akzeptiere, dass er anders sei. Sie verhakten sich eine Weile bei dieser Frage, bis der Deutschlehrer entschied, dass Josef den Othello spielen solle, »obwohl er ein Schwarzer ist«, wie er sagte.

Josef saß dabei und sagte nichts, Amalia auch nicht.

Es begann leicht zu regnen. Amalia griff nach dem Revolver, bevor jemand anderes es tat, und sagte: »Wir fahren weiter.«

Sie stiegen in die Boote, Amalia zuerst. Als sich Bodo zu ihr setzen wollte, schob Josef ihn zur Seite, nahm hinter Amalia Platz. Den Revolver legte sie zwischen ihre Beine, deckte ihn mit einer Ecke des Zelts zu.

Durch den Regen fuhren sie weiter, schwacher Regen, ein Niederschlag einzelner Tropfen, der gerade deshalb nervte und zermürbte. Verdrossen saß Amalia im Kanu, paddelte mechanisch und dachte darüber nach, warum sie den Revolver geschützt hatte, warum sie nicht wollte, dass er nass wurde. Als vermute sie insgeheim, dass er noch eine Rolle spielen könnte, aber welche?

»Manche behaupten«, sagte sie, »dass Hamilton bei dem Duell Burr mit Absicht verfehlte, weil er ihn zwar nicht mochte, es aber nicht auf seinen Tod abgesehen hatte. Und immerhin war Burr der Vizepräsident der Vereinigten Staaten, den erschießt man nicht so einfach.«

»Das weiß ich doch«, sagte Bodo.

»Was weißt du?«

»Dass Burr Vizepräsident war.«

»Woher weißt du das?«

»Von dir, Mann. Du hast es mir hundertmal erzählt. Burr war Vizepräsident, war ein Weiberheld, erwog aber das Wahlrecht für Frauen, hat Hamilton abgeknallt, geriet in den Verdacht, einen Putsch gegen Jefferson geplant zu haben, wurde aber freigesprochen und hat später Goethe in Erfurt getroffen.«

»In Weimar.«

»Meinetwegen in Weimar.«

»Sei nicht so schnippisch.«

»Ich bin nicht schnippisch.«

»Doch. Du möchtest nicht von einer Frau in Geschichtsfragen belehrt werden. Du findest, dass dieses Thema Männersache ist.«

»Blödsinn. Paranoia.«

»In Erfurt hat Goethe Napoleon getroffen.«

»Meinetwegen.«

Amalia schwieg, paddelte gegen die Schmerzen in ihren Händen an, die mit jedem Zug schlimmer wurden. Sie merkte, dass Josef von hinten versuchte, das Tempo anzuziehen, ließ sich darauf ein, sodass sie dem anderen Boot davonzogen. Um sich abzulenken, verfolgte sie, wie sich die Tropfen auf dem Wasser ausbreiteten, aus Punkten wurden Kreise, die sich bald auflösten, eine schöne, gleichmäßige, sich tausendfach wiederholende Bewegung, die Amalia einlullte, ihr eine Trance verschaffte, in der sie den Schmerz vergaß und die Lage, in der sie sich befanden.

»Du solltest mir die Waffe geben«, sagte Josef unvermittelt.

Sie war überrascht, suchte nach dem Sinn dieses Satzes, fragte dann: »Warum?«

»Weil ich von uns allen am meisten bedroht bin. Euch werden sie nichts tun. Es geht denen um mich, da hat Gero absolut recht.«

»Ich möchte nicht, dass du dich umbringst.«

»Ich bringe mich nicht um. Ich möchte mich verteidigen können.«

»Wie willst du dich mit einer einzigen Patrone verteidigen?«

»Besser als mit keiner.«

»Ich werde dich verteidigen.«

»Du?«

»Ich habe dich immer verteidigt.«

»Ich weiß. Aber das hier ist etwas anderes.«

»Damals war es Rassismus. Jetzt ist es Rassismus.«

»Gib mir die Waffe.«

»Nein.«

»Ich möchte nicht, dass du dich in Gefahr begibst. Wenn sie angreifen, könnt ihr zur Seite springen, ich werde kämpfen, denn es geht um mich.«

»Wenn es um dich geht, geht es auch um mich.«

»Das hast du nicht immer so gesehen.«

Stille. Der Regen hatte aufgehört. Warum musste er das sagen?

Weiter. Weiter. Jetzt fehlten ihr die Kreise für eine Trance. Ihre Hände brannten, rohes Fleisch von den Daumen abwärts, die Zeigefinger aufwärts. Niemand schaute mehr auf die Karte. Kam ein Abzweig, entschieden sie sich immer, ohne Diskussion, für das breitere Fließ. Doch dann standen sie ratlos vor einer Gabelung, die das große Fließ in zwei kleine teilte.

»Tolle Doku«, sagte Gero.

»Und jetzt?«, fragte Josef.

»Sind wir lost«, sagte Bodo.

»Da vorn ist was«, sagte Amalia.

Unter dem Baum, der auf der Landspitze stand, leuchtete eine rote Tupperdose. Josef zog sie mit dem Paddel zum Kanu, riss den Deckel ab.

»Mehr Munition?«, fragte Bodo.

»Ein Brief.«

Josef faltete ein Blatt Papier auseinander und las.

»Lies laut«, sagte Amalia.

»Ihr habt vierundzwanzig Stunden Zeit, den N… zu killen. Wenn ihr das nicht macht, killen wir euch alle. Die Schlampe wird vorher von allen gefickt.«

Ein blauer Vogel, dicht über dem Wasser. Wind rauschte durch die Bäume, Amalia fröstelte, sie verschränkte die Arme vor der Brust.

»Es ist 16:05 Uhr«, sagte Gero.

»Das meinen die nicht ernst«, sagte Amalia, »das macht niemand, das ist ein schlechter Scherz.«

»Um die geht es jetzt nicht mehr«, sagte Josef.

»Wie meinst du das?«

»Sie sind erst einmal raus. Sie können vierundzwanzig Stunden lang beobachten, was wir tun, also was ihr tut. Es geht in dieser Zeit nur noch um euch. Tut ihr, was sie wollen, und rettet euch, oder tut ihr es nicht und geht mit mir unter?«

»Josef«, rief Amalia. »Kannst du dir vorstellen, dass ich dich erschieße? Dass Bodo dich erschießt? Gero? Das ist undenkbar. Natürlich tun wir nicht, was diese Kerle wollen.«

»Was machen wir stattdessen?«, fragte Gero.

»Die Frage ist, ob die das ernst meinen«, sagte Amalia.

»Das fragst du?«, blaffte Gero. »Die schicken uns einen geladenen Revolver, und du fragst, ob die das ernst meinen?«

»Vielleicht wollen sie uns erschrecken, vielleicht weiden sie sich an unserer Angst, wenn wir denn welche haben.«

»Ob ich Angst habe? Ich habe eine Scheißangst, sage ich dir.«

»Du bist doch gar nicht gemeint«, sagte Josef. »Hast du selbst gesagt.«

»Jetzt bin ich gemeint. Da steht, dass sie mich umbringen, wenn wir dich nicht …«

Er sprach nicht weiter.

»Danke, Gero«, dachte Amalia. Und: »Josef, sei bitte still, sag nichts. Gero hat es ja nicht ausgesprochen, hat abgebrochen, dann sag du auch nicht, was immer du vorhast zu sagen.«

Josef schwieg.

»Fahren wir weiter.«

»Nach links oder nach rechts?«, fragte Gero, als könnte es eine gute Antwort auf diese Frage geben.

»Nach rechts«, sagte Amalia.

XV

Eine Stunde lang paddelten sie durch offenes Land auf einen Wald zu. Amalia hoffte, dass es vorher einen Abzweig geben würde, weil sie nicht durch dicht stehende Bäume paddeln wollte, ohne freies Sichtfeld, ohne die Chance, Gefahren früh erkennen zu können. Die Sonne schien wieder, hatte die Wolkendecke erst durchbrochen, dann aufgerissen, machte Jagd auf die letzten Wolkenfetzen, die sich nach und nach auflösten. Es kam kein Abzweig.

»Wollen wir wirklich in den Wald reinfahren?«, fragte Josef.

»Der Bootsverleih liegt am Rand eines Waldes. Wenn wir Glück haben, ist es dieser. Vielleicht sehen wir Josefs BMW, sobald wir den Wald passiert haben.«

Sie glaubte das selbst nicht, aber sie konnte es so sagen, als würde sie es glauben. Die Bäume waren nicht hoch, sie standen dicht beieinander und nahe am Ufer des Fließes, das recht schmal war, sodass die Baumkronen auch hier ein Dach bildeten und das Fließ verschatteten. Schwarzes Wasser. Schlagartig fielen Schwärme von Mücken über sie her. Fuchtelnde Arme, das Klatschen flacher Hände auf nackter Haut. Sie stoppten, hüllten sich eilig in Jacken, breiteten Schlafsäcke über ihren Beinen aus, wickelten Hemden wie

Schals um Hälse, spritzten Insektenspray auf Gesichter und Hände. So vermummt zogen sie weiter, vom Jucken gequält, in unruhiger Fahrt, weil sie ständig eine Hand vom Paddel lösten, um ihre Peiniger aus dem Gesicht und von den Händen zu vertreiben. Immer wieder glitten sie in dunkle, bebende Wolken aus Mücken hinein. Bald schon nahmen sie den Schmerz hin, die gereizte Haut, ließen die Hände an den Schäften und paddelten stoisch weiter.

Ihre Blicke wanderten von den Lücken zwischen den Bäumen zu den Ästen und Wipfeln, ins Wasser und zurück zu den Ufern, ins Unterholz. Amalia rechnete jederzeit mit einer Attacke, obwohl sie sich immer wieder sagte, dass sie in diesen Stunden gefeit waren vor einem Überfall, da ihre Feinde darauf warteten, dass sie Josef erschossen. »Wir sind sicher«, sagte sie sich unablässig. Sie schaute auf die Uhr. Anderthalb Stunden ihrer Frist waren abgelaufen, somit blieben zweiundzwanzigeinhalb. Viel Zeit, um hier rauszufinden, viel Zeit für eine Lösung. Die Zeit, dachte sie, war nicht ihr Gegner, weil sie ablief, sondern ihr Freund, weil sie ihnen Aufschub gewährte. Sie war beruhigt. Und dann nicht mehr, weil ihr einfiel, dass womöglich die Zeit ihr Freund war, nicht jedoch der Wald. Der gewiss nicht.

In einem Wald hatten sie einen Unfall gehabt. Eine dieser Sonderprüfungen gegen die Uhr, ein Panzerübungsgelände der Bundeswehr, kurvenreich, hügelig, Schotterpisten, Waldwege. Fabian hatte einen guten Tag, der Toyota tat, was er ihm auftrug, wedelte flüssig durch die Serpentinen, rutschte auf die Kurven zu, brach aus, ließ sich einfangen, sprang über

Kuppen, landete punktgenau, Vollgas. Steine prasselten gegen den Unterboden, Wasser spritzte gegen die Windschutzscheibe, als sie einen Bach durchquerten, danach tanzten kurz die Scheibenwischer. Winkende Menschen neben der Strecke.

Sie flogen über eine Kuppe, immer wieder ein herrliches Gefühl, setzten hart auf, der Toyota ging kurz in die Knie, ein Schlag gegen Amalias Rücken, mit Vollgas weiter, in den Wald hinein, eine 4 rechts, dahinter eine Gerade entlang, leicht gekrümmt, sodass sie nicht erkennen konnten, was sie am Ende erwartete. Aber sie hatten das Gebetbuch, Fabian musste nichts sehen, das war das Prinzip.

»300 leicht gekrümmt rechts 2 plus. Bäume.«

Das stand in dem Gebetbuch, so war diese Stelle gekennzeichnet. Amalia hat sich das später immer wieder angeschaut. Kein Zweifel. Schwarz auf weiß. Eine Gerade, 300 Meter lang, leicht gekrümmt. Danach eine ziemlich enge Rechtskurve, von Bäumen gesäumt. Das war gleichsam der Warnhinweis. Kein freies Feld, wenn man aus der Kurve flog, sondern Bäume. Also Vorsicht, weniger Risiko als sonst.

Diese Rechtskurve war viel schneller da als erwartet, diese Rechtskurve tauchte plötzlich auf, und Amalia wusste sofort, dass es zu spät war, sie zu erwischen. Fabian trat voll auf die Bremse, der Toyota rutschte, verlor aber nur wenig Tempo, schlitterte frontal auf die Bäume zu.

Es waren Sekunden, und später hat Amalia diese Sekunden sequenziert in Millisekunden, in Augenblicke, und versucht zu rekonstruieren, was in dieser Zeit im Auto geschah.

Sie erinnerte sich an die Frage in ihrem Kopf: »Warum ist die Kurve schon da?«

Sie erinnerte sich an die Hoffnung, dass die Reifen doch noch Halt finden würden auf dem Schotter des Waldwegs.

Sie sah, dass die Bäume nicht direkt an der Kurve standen, sondern ein paar Meter versetzt.

»Vielleicht da«, dachte sie, »vielleicht greifen die Räder auf dem Waldboden, sodass der Aufprall ein wenig gedämpft wird.«

Sie erinnerte sich, dass Fabian ihr den Kopf zugewandt hatte, und in seinen Augen, seinen grünblauen Augen sah sie die Frage, die sie sich selbst gestellt hatte: Warum ist die Kurve schon da?

Diese Augen würde sie nie wieder vergessen.

In ihren Träumen erschienen ihr später manchmal die Panzer. Eine lange Kolonne von Panzern, die den Waldweg entlangzog, manchmal Tiger aus dem Zweiten Weltkrieg, manchmal Leoparden der Bundeswehr, manchmal Fantasiepanzer in bunten Farben.

300 leicht gekrümmt rechts 2 plus. Bäume.

Natürlich hatten sie in den Panzern keine Gebetbücher. Wahrscheinlich waren sie zu langsam unterwegs, um eine Kurve verpassen zu können. Und wenn sie zu schnell wären, würden die Bäume sterben, nicht die Männer in den Panzern. Oder fuhren da auch Frauen mit?

Panzer haben eine seltsame Kurventechnik. Amalia hatte sich das von dem Oberleutnant erklären lassen, der sie zu der Unfallstelle begleitete, kurz nach der Reha. Wenn Panzerfahrer nach rechts abbiegen wollen, stoppen sie die Kette auf der rechten Seite. Dann dreht sich der Panzer in die Kurve hinein. Dabei schiebt er mit der linken Kette Schotter zur

Seite. Panzer um Panzer wird Schotter verschoben, bis sich eine Art Brüstung anhäuft.

»In Ihrem Fall«, sagte der Oberleutnant freundlich, »hat sie wie eine Sprungschanze gewirkt.«

So war es. Der Toyota wurde nicht vom Waldboden gestoppt, seine Räder haben den Waldboden nie berührt. Er schoss über die von den Panzern aufgeworfene Brüstung und flog gegen einen mächtigen Baum. Fabian starb noch im Auto, bevor die Feuerwehr ihn rausgeschnitten hatte, wurde ihr später erzählt. Auf seiner Seite zeigte das Wrack, das sie ebenfalls besichtigte, viel größere Schäden als auf ihrer. Sie sah sich in ihrer Vermutung bestätigt, dass Fabian dem Auto im letzten Augenblick, als nichts mehr zu retten war, irgendwie einen Drall nach rechts gegeben hatte, damit der Baum nicht sie erwischte, sondern ihn.

Den Oberleutnant bat Amalia, die leicht gekrümmte Gerade mit dem Wolf, einem Militärgeländewagen, abzufahren und dabei auf den Kilometerzähler zu achten. Sie selbst maß die Strecke mit ihrem Handy ab. Beide Messungen stimmten überein: 300 Meter. Eine Wiederholung bestätigte das Ergebnis.

Das Gebetbuch war exakt.

Der Baum stand noch. Er hatte Rinde verloren, an der Seite war ein Stück Holz abgesplittert, er sah verwundet aus, aber lebensfähig.

Sie fragte den Oberleutnant, ob er sie am Beginn der Geraden absetzen und dann am Baum auf sie warten könne. So geschah es. Der Oberleutnant fuhr sie zum Beginn der Geraden, wendete den Wolf und schaukelte zurück zur Unfallstelle. Als er dort angekommen war und den Motor abgeschaltet hatte, ging sie los. 300 Meter.

Ein Mischwald, kein Unterholz, kein Moos, kein Farn, als würde hier häufig durchgefegt. Ein ordentlicher Wald. Ein Specht trommelte sein Lied.

Nachdem sie aus dem Koma erwacht war und sich ihrer Lage bewusst wurde, stellte sich sofort die letzte Frage aus dem Auto ein: Warum war die Kurve so schnell da?

Der erste Gedanke: Das Gebetbuch ist fehlerhaft. Fast beruhigend.

Die Polizisten, die sie im Krankenhaus besuchten, stellten die gleiche Frage, etwas anders: Wie konnte dieser Unfall passieren?

Ein Mensch war gestorben, also ermittelte die Polizei, klopfte vorsichtig ab, ob Fabian unglücklich gewesen sei, depressiv, ob also ein Suizid infrage komme. Nichts dergleichen habe sie wahrgenommen, sagte Amalia.

Ob sie das Gebetbuch überprüft hätten, fragte sie die Polizisten.

Das hatten sie, alles korrekt. Ein Schock. Sie riss sich zusammen, denn jetzt fragten die Polizisten vorsichtig in Richtung Mord.

Ob es Streit zwischen ihnen gegeben habe?

»Nein, nie.«

Nicht ganz richtig. Einmal hatten sie gestritten, ein einziges Mal. Das musste sie nicht erwähnen. Und den Grund wollte sie gegenüber den Polizisten auf keinen Fall nennen.

Eifersucht? Hatte er eine Affäre?

Sie fragten scheu, peinlich berührt, als dächten sie eher, dass Rallyefahren nun einmal gefährlich war. Das stimmte ja auch. Gleichwohl passierte nicht viel. Henri Toivonen war in seinem Auto ums Leben gekommen. Und jetzt Fabian.

Nein, von Affären wisse sie nichts.

Eine wahrheitsgemäße Antwort. Sie hielt das sogar für ausgeschlossen, sagte das so aber nicht, weil ihr das prätentiös vorkam.

Die Polizisten gingen, sie hörte nie mehr von ihnen. Es kamen noch Leute von irgendeiner Motorsportinstitution, und die stellten diese Frage: Ob es möglich sei, dass Amalia etwas Falsches vorgelesen, sich in der Zeile vertan habe? Das könne ja vorkommen, bei diesen Sprüngen und Schlägen, da verrutsche halt mal der Zeigefinger über dem Gebetbuch, und schon lese der Beifahrer aus der falschen Zeile vor.

»Die Beifahrerin«, sagte Amalia.

»Die Beifahrerin, Entschuldigung.«

Das halte sie für undenkbar, sagte Amalia. Sie habe noch nie einen Fehler gemacht, Fabian habe ihr blind vertrauen können.

Diese Leute schrieben einen Bericht, in dem sie feststellten, dass die genaue Ursache des Unglücks nicht zu eruieren sei. Vermutlich ein Fahrfehler, damit ein normaler Rennunfall, las Amalia.

Dreihundert Meter. Sie ging langsam, machte große Schritte, ungefähr ein Meter, wie sie hoffte. Ein harziger Geruch hing in der Luft, sie hörte die Stimmen des Waldes, ihr weitgehend unbekannt, schwarze Käfer am Wegesrand, da, wo der Schotter ausdünnte und in den Waldboden überging.

Dann hörte sie ein Dröhnen, ein Rasseln, drei Panzer bogen eckig um die Kurve, wo der Unfall passiert war und jetzt der Oberleutnant mit dem Wolf wartete, rollten ihr entgegen, olivgrün mit braunen und dunkelgrünen Flecken. Leoparden. Die Kanonenrohre wie lange Finger, die auf sie zeigten. Amalia blieb stehen, machte drei Schritte zur Seite, stellte sich ins Moos. Der Boden bebte.

War das der Ausweg, an den sie manchmal gedacht hatte, im Krankenhaus, auch noch in der Reha, in dunkelsten Stunden? Nur zwei schnelle Schritte. Der Bremsweg eines Panzers war sicherlich sehr lang.

Die Männer, die aus den Türmen herausragten, schauten sie an, grüßten mit einer Hand, aber nicht militärisch. Steinchen flogen zur Seite, einige gegen ihre Schienbeine. Sie blieb stehen, winkte zurück. Die Panzer, breitärschig jetzt, zogen weiter, verschwanden. Nachdem sich der Staub gelegt hatte, trat Amalia wieder auf den Waldweg, wollte losgehen, konnte sich aber nicht daran erinnern, bei welcher Schrittzahl sie aufgehört hatte zu zählen, kehrte noch einmal zurück zum Beginn der Geraden, ging von Neuem los. Eins, zwei, drei, vier, fünf. Kein Harzgeruch, keine Käfer.

»Da vorn ist der Wald zu Ende«, hörte sie Josef sagen.

Die Bäume lichteten sich, es wurde heller. Amalia paddelte langsamer, zog das Blatt beinahe kraftlos durchs Wasser, als wolle sie die Ankunft im Freien hinauszögern, als wolle sie gar nicht wissen, was hinter dem Wald lag. Das andere Kanu zog vorbei, und bald rief Gero: »Kein Bootsverleih, kein BMW.«

Wütend schlug er sein Paddel gegen die Bordwand. Damit war sie gemeint, das wusste Amalia. Die beiden anderen schwiegen.

Flaches Land, wilde Wiesen. Hier und dort ein Baum, der seine Äste weit von sich streckte. Die Sonne stand tief. Ihre Hände brannten, rohes Fleisch nicht nur an den Innenflächen der Daumen.

»Lasst uns eine Pause machen«, sagte sie.

»Eine Pause«, höhnte Gero, »Zeit vergeuden, wenn unser Leben von der Zeit abhängt? Niemals. Ich fahr weiter.«

Niemand widersprach. Sie paddelten weiter, zügig erst, dann mit schwindendem Tempo. Die Kräfte ließen nach, alle hatten mit Schmerzen in ihren Händen zu kämpfen. Sie paddelten, bis es zu dunkel war, um in der mondlosen Nacht den Weg erkennen zu können. Als Lagerplatz wählten sie einen Ort, wo zwei Bäume dicht am Ufer standen, als könnten die ihnen Schutz gewähren. Die Boote zogen sie an Land, mit letzter Kraft. Dann versorgte Josef die übel zugerichteten Hände, während sie sich den letzten Proviant teilten. Eine Flasche Wein war übrig, aber niemand rührte sie an. Die Zelte bauten sie nicht auf, weil sie ihnen wie Fallen vorkamen. Schnell abhauen können, wenn die Attacke begann, darauf waren ihre Sinne und Gedanken ausgerichtet. Sie machten kein Feuer, saßen fröstelnd am Ufer.

»Wenn Leute wie wir Teil der Natur werden, sind wir gleich die Schwächsten«, sagte Bodo.

Stille. Niemand hatte Lust auf ein Gespräch. Amalia wartete auf das Motorgeräusch und die Scheinwerfer des Pickups, lauschte, starrte in die Nacht. Weil auch die anderen ständig ihre Köpfe drehten, wusste sie, dass alle von den gleichen Gedanken heimgesucht wurden.

»Vielleicht wollten sie uns nur einen Schrecken einjagen«, sagte Bodo unvermittelt. Niemand reagierte.

Später sahen sie eine Leuchtkugel am Himmel, ein roter Ball, der einen roten Schweif hinter sich herzog. Steigend, fallend, verglühend. Weit weg, Amalia glaubte nicht, dass das ein Signal für sie wäre, wollte das auch sagen, bekam jedoch kein Wort heraus, als verschlösse die Stille ihr die Lippen.

Josef sagte: »Ich möchte, dass wir darüber abstimmen, wer die Pistole haben darf.«

»Warum?«, fragte Bodo.

»Hör auf, Josef, wir haben das schon besprochen«, sagte Amalia.

Der Revolver steckte hinten in ihrem Hosenbund, drückte gegen ihren Rücken.

»Du hast sie dir einfach genommen. Aber die Pistole ist das Zentrum, ist das, worauf es jetzt ankommt. Die Pistole bedroht vor allem mich, und deshalb sollte ich sie tragen. Natürlich würde ich euch damit verteidigen.«

»Du misstraust uns«, sagte Bodo, »das ist traurig.«

»Was heißt ›uns‹?«, fragte Josef. »Wer ist jetzt ›uns‹? Uns Weißen? Meintest du das? Der Schwarze misstraut den Weißen. Der Schwarze steht alleine da, die Weißen sind eine Gruppe, die zusammenhält.«

»Sei nicht so empfindlich«, sagte Gero.

»Das meinte ich nicht«, sagte Bodo.

»Was dann?«, fragte Josef. »Amalia hat die Pistole, aber du sprichst von ›uns‹. Gut, sie ist deine Schwester, aber was verbindet euch mit Gero mehr als mit mir? Wir sind beide eure Freunde, nur dass er der Weiße ist, und ich bin der Schwarze. Deshalb gibt es für euch drei ein ›uns‹, das mich ausschließt. Genau das hast du gemeint.«

»Lass gut sein, Junge«, sagte Bodo und legte einen Arm um Josefs Schultern.

Josef entzog sich.

»Wenn ich die Pistole bekomme«, sagte er.

»Ich habe sie, damit du dich nicht irgendwann aus Verzweiflung erschießt.«

»Bullshit«, lachte Josef bitter. »Ich bestehe darauf, dass wir abstimmen.«

»Wenn du unbedingt willst«, sagte Bodo.

»Das machen wir nicht«, sagte Amalia.

»Und warum nicht? Bist nicht du die große Demokratin, die Expertin für die Amerikanische Revolution, den Ursprung der modernen Demokratie, wie man sagt, von Sklavenhaltern erfunden für Weiße, für euch, nicht für mich?«

»Auch nicht für mich«, sagte Amalia.

»Willst du damit sagen, dass weiße Frauen genauso schlecht behandelt wurden wie Schwarze?«

»Ich wollte nur darauf hinweisen, dass schwarze Männer eher wählen durften als weiße Frauen, jedenfalls grundsätzlich.«

Sie bereute diesen Satz sofort, hätte sich auf keinen Fall auf diesen Austausch einlassen dürfen. Ehe sie ihn zurücknehmen und sich entschuldigen konnte, redete Josef weiter.

»Man hat den Schwarzen bis heute Hürden in den Weg gelegt. Sie mussten bis in die Sechzigerjahre des letzten Jahrhunderts nachweisen, dass sie lesen und schreiben konnten, um wählen zu können.«

»Lass uns darüber jetzt nicht streiten«, sagte Amalia, die sich nicht mehr entschuldigen, nichts zurücknehmen wollte. »Aber lass uns auch nicht abstimmen, das bringt nichts.«

»Ah, jetzt bist du gegen eine Abstimmung, eine Wahl? Hast du uns nicht erklärt, dass die Wahlen das große Fest der Demokratie seien, die Legitimation für das, was war, und das, was kommt, die makellose Grundlage der Macht? Die Macht ist hier die Pistole. Wer sie trägt, sollte demokratisch legitimiert sein. Das kann ich verlangen.«

Amalia mochte ihn nicht in diesem Moment.

»Wahlen sind nicht immer und überall das richtige Mittel. Wahlen können spalten, danach gibt es Gewinner und Verlierer. Wir sollten uns nicht spalten lassen.«

»Wir sind längst gespalten, ihr habt damit angefangen. Ich möchte wissen, woran ich bin. Und eine Wahl zeigt, woran man ist.«

»Sei nicht so selbstgerecht«, sagte Amalia.

»Sei nicht so schwarz, meinst du, nicht wahr?«

»Okay, wir stimmen ab«, sagte sie harsch. »Wer ist dafür, dass Bodo die Waffe trägt?«

Keine Hand hob sich.

»Gero?«

Keine Hand.

»Josef?«

Eine Hand.

»Ich?«

Zwei Hände, Gero, Bodo.

»Und du?«, fragte Josef.

»Ich enthalte mich.«

Er lachte auf, gehässig, wie Amalia fand.

»Die Pistole bleibt bei mir.«

»In Wahrheit seid ihr nicht viel besser als die Idioten, die mir den Tod wünschen.«

132

»Du weißt, dass das nicht stimmt«, sagte Amalia.

»Ich weiß sehr genau, dass das stimmt, schon lange.«

»Schluss«, schrie sie, »kein Wort mehr.«

Abrupt stand sie auf, ging zu einem der Bäume, nahm den Revolver aus ihrem Hosenbund, setzte sich, lehnte ihren Rücken gegen den Stamm, legte die Waffe in ihren Schoß. Später gesellte sich Bodo zu ihr, brach drei schlanke Äste von dem Baum ab und schnitzte sie zu Speeren.

XVI

In der Nacht wachte sie auf, weil sie merkte, dass Josef neben ihr lag, auf dem Rücken, so wie sie, die Hände unter dem Kopf verschränkt. Sie hatte höchstens zwei Stunden geschlafen. Er drehte sich auf die Seite, sein Gesicht dicht an ihrem, seine linke Hand auf ihrer rechten Schulter. So verharrten sie eine Weile. In seinen Augen suchte sie den Blick der letzten Nacht, verliebt, verloren, zu allem bereit, fand ihn nicht. Sie wollte ihn streicheln, aber ihre Hände schmerzten, sie ließ es sein. Seine Hände auf ihrer Haut, mehr Suchen als Liebkosen.

»Der Revolver ist nicht hier«, sagte sie.

Er drehte sich weg, lag wieder auf dem Rücken, die Hände verschränkt unter dem Kopf.

»Du weißt es«, sagte sie.

»Ja.«

»Ich weiß, dass du es weißt, seitdem du erzählt hast, dass du dir die alten Kundenakten anschaust, die Verschreibungen.«

»Es tut mir leid.«

»Du weißt natürlich, wofür man die Medikamente braucht, die ich kurz vor unserer Trennung genommen habe.«

»Sie werden recht häufig verschrieben.«

»Man kann auch aus anderen Gründen stark bluten.«

»Kann man.«

Als Josef in ihre Stadt kam, war Amalia zwölf. Es war eine kleine Stadt, in einem Tal gelegen, das von einem schmalen Fluss durchzogen wurde, zudem von einer Bundesstraße, die überdimensioniert schien, aber notwendig war, um die Möbelfabrik mit der Welt zu verbinden. Die meisten Eltern der Kinder, mit denen Amalia und Bodo zur Schule gingen, arbeiteten für die Möbelfabrik, und ihre Wohnungen und Häuser waren mit Möbeln von dort eingerichtet, Möbeln für gigantische Einrichtungshäuser, wie Amalias Mutter sagte. Sie unterrichtete am Gymnasium der Stadt, der Vater pendelte in die Landeshauptstadt, vierzig Kilometer jeden Morgen und jeden Abend. Dass sie in der Kleinstadt wohnten, lag daran, dass sie ein Haus mit einem großen Garten haben wollten, kein Handtuch, sagte die Mutter, und das konnten sie sich in der Landeshauptstadt nicht leisten.

Als sie Josef zum ersten Mal sah, war Amalia sofort klar, dass sie ihn beschützen musste. Wie sollte er sich zurechtfinden in dem komplizierten System, in dem sie lebte und das selbst sie manchmal überforderte, die Kämpfe, Intrigen, Freundschaftsbekundungen, Verleumdungen, Cliquenbildungen, Liebesschwüre, Missachtungen, Einladungspolitiken, aus denen sich der Sozialverbund Klassenzimmer zusammensetzte. In der 7c, in die Josef kam, war Amalia die Chefin, die Klügste, Lauteste, Verwegenste, die Klassensprecherin.

Josefs Eltern stammten aus Sambia, einem Land, von dessen Existenz Amalia bis dahin nichts gewusst hatte, dessen Name für sie angenehm afrikanisch klang, ein bisschen nach Simba, dem jungen König der Löwen, dachte sie. Josefs Vater hatte sich dort im sogenannten Kupfergürtel in einer illegalen Gewerkschaft für die Minenarbeiter engagiert. Sambia – das erfuhr sie später – war nach der Unabhängigkeit von Kenneth Kaunda beherrscht worden, einem Liebling des Westens, weil er der Anführer der sogenannten Frontline States war, der Nachbarregion von Südafrika, als dort noch Apartheid herrschte. Die Frontline States opponierten gegen das Regime der Buren und wurden deshalb vom Westen unterstützt, wobei man angestrengt übersah, dass Leute wie Kenneth Kaunda in Sambia oder Robert Mugabe in Simbabwe üble Diktatoren waren. Josefs Vater saß jahrelang im Gefängnis, weil er sich für die Rechte der Minenarbeiter eingesetzt hatte. Er wurde gefoltert.

Nachdem er bei einem Transport geflohen war, schlug er sich über Botswana bis nach Südafrika durch. Dort half man ihm, obwohl er schwarz war, aber das zählte für das Regime weniger als die Tatsache, dass man durch ihn den Gegner Kaunda diskreditieren konnte, während man Gegner des eigenen Unterdrückungsregimes wie Nelson Mandela auf Robben Island wegsperrte. Über Südafrika schaffte es Josefs Vater nach Deutschland.

Die Komplexität dieser Angelegenheit verstand Amalia erst später. Was sie schnell verstand, war, dass Josef ihre Hilfe nicht brauchte. Das heißt, so richtig merkte sie es erst, als er sie bei der Klassensprecherwahl schlug, nach nur einem halben Jahr. Josef war in Deutschland geboren, in Deutschland aufgewachsen, wie ein deutsches Klassenzimmer funktionierte, wusste er selbst, und wie man Leute für die eigene Sache gewinnt, hatte er den Erzählungen seines Vaters abgelauscht, den die Gewerkschaft in die Kleinstadt

geschickt hatte, damit er dem zahmen Betriebsrat der Möbelfabrik beibrachte, wie man einer bornierten Unternehmens-
leitung die Zähne zeigt.

Nach der unerwarteten Niederlage rannte Amalia aus
dem Klassenzimmer, die Treppe runter in den Keller, wo sie
sich in der Mädchentoilette einschloss und weinte. Wie hatte
sie so dämlich sein können? Als sie die Kabine nach ein paar
Minuten verließ, sah sie, dass Josef neben den Waschbecken
auf den Kacheln saß, den Rücken an die Wand gelehnt, die
Beine ausgestreckt.

»Jungs dürfen hier nicht rein«, sagte sie.

»Ich weiß.«

Sie wollte rausstürmen, aber sie blieb.

»Wir machen das zusammen«, sagte Josef, »du und ich.«

Sie wurden die Viererbande, sie, Josef, Bodo und Gero, die
eine Klasse tiefer waren, zusammen in den Schwimmver-
ein gingen und ihre Muskeln trainierten. Was manchmal
nützlich war, wenn man den Schulhof beherrschen wollte.
Und das wollten sie, den hinteren Teil, wo Unter- und Mittelstufe zusammentrafen. Die Oberstufe verbrachte die Pausen mehrheitlich vor der Schule, vor dem Portal, wo man
rauchen durfte und das sie später mit Mist zuschütteten. Hinten regierte bald die Viererbande, nicht nur mit freundlichen
Mitteln. Bodos und Geros furchteinflößende Präsenz war
nötig, um halbwegs Ordnung zu schaffen. Eine Ordnung im
Sinne Amalias und Josefs.

An der Universität traf sie später zufällig auf einen ehemaligen Mitschüler, Stefan, der durch seltsame Kleidung aufge-
fallen war, weshalb sie ihn spöttisch Yves Aultrogé nannten,

als wäre er ein Pariser Modeschöpfer. Überdies beherrschte er keinen Sport auch nur annähernd und nervte vor allem in den Naturwissenschaften und in Mathematik mit souveränem Wissen, während er in den Debatten in Geschichte oder Sozialwissenschaften aufgrund eines leichten Stotterns nicht mithalten konnte. Hier aber wurde die intellektuelle Hierarchie ausgefochten, wie Amalia und Josef festgelegt hatten. Alles nicht so schlimm. Dachte sie.

Als Amalia ihn in den Gängen der Universität zufällig sah und freudig auf einen Kaffee einlud, spukte ihr zwar durch den Hinterkopf, dass er einiges auszustehen gehabt hatte, doch hielt sie das für eine beinahe sportliche Sache. Erst bei dem Gespräch, das sie als leutselige Erinnerungsorgie begonnen hatte, merkte sie nach einigen Minuten, dass Stefan nicht darauf einstieg, still blieb, um dann zu sagen: »Das war eine richtig schlimme Zeit für mich.«

Es schnürte ihr den Hals zu, als er davon erzählte, dass seine größte Sorge gewesen sei, »die Quälereien«, wie er sagte, vor seinen Eltern zu verheimlichen, weil sie sich so sehr wünschten, dass ihr einziger Sohn an der Schule nicht nur erfolgreich, sondern auch beliebt sei. Ihn als Opfer sehen zu müssen hätten sie nicht ertragen, sagte Stefan.

Sie gab ihm ihre Handynummer, damit sie sich abends mal treffen könnten, aber er rief sie nicht an, zu ihrer Erleichterung. Ein Jahr später kamen sie auf Tinder zufällig zusammen, schreckten aber beide zurück, als sie merkten, mit wem sie kurz vor einer Verabredung zum Sex standen.

Das schlechte Gewissen, das sie nach dem Gespräch in der Cafeteria hin und wieder befiel, betäubte sie mit dem Gedanken, dass die C stark von ihrem Regime profitiert hatte, als coolste und mächtigste Klasse der Mittelstufe galt. Alle waren stolz, in der C zu sein. Vielleicht nicht alle, aber fast.

Als sie fünfzehn war, ging sie für ein Jahr in die USA. Bis dahin hatte sie zweimal einen Freund gehabt, der erste war Gero, der fast täglich bei ihnen zu Hause war, sich zunächst fast nur in Bodos Zimmer aufhielt, dann immer mehr in ihrem, bis sie die Tür abschloss, damit ihr Bruder nicht mehr reinkam. Alle waren irritiert, ihre Eltern, Bodo, Josef, aber die Clique blieb zusammen, und lange dauerte es ohnehin nicht. Ein bisschen Küssen, ein bisschen Streicheln, dann wurde Gero von Amalia wieder »gefriendzoned«, wie sie das später nannte, als sie ihre Liebhaber über Tinder fand. »Friendzone oder nichts«, sagte sie denen, die sich in sie verliebt hatten, nett waren, keine Emojis schickten, aber für eine Beziehung gleichwohl nicht infrage kamen. Niemand kam infrage.

Ihr zweiter Freund, Niklas, war zwei Jahre älter, war schon im Abiturjahrgang, mehr Küssen, mehr Streicheln, auch in Unterwäsche, aber nicht nackt. Das wollte Amalia nicht. Als sie in die USA ging, trennte sie sich von Niklas. Es kam ihr sinnlos vor, aufeinander zu warten. Sie waren jung, warum sollten sie verzichten, sagte sie ihm, als er weinte.

Amerika war nicht ihre Idee gewesen, sondern die ihrer Eltern. Weltsprache Englisch, Weltgewandtheit, vorbereitet sein für ein internationales Leben, für die globale Konkurrenz um die guten Jobs, vor allem mit den Chinesen, die in Harvard, Yale und Oxford studierten, aber natürlich sollte sie auch selbstständig werden, den eigenen Charakter bilden, sich mental bereichern, den Horizont erweitern und so weiter. Amalia war bald überzeugt. Dann stand sie vor der Sicherheitskontrolle, umringt von ihren Eltern, von Bodo, Josef, Gero, einer Oma, einem Opa. Niklas war nicht gekommen. Küsse, Tränen. Ein letztes großes Winken, nachdem Amalia die Kontrolle passiert hatte und zu ihrem Gate lief, zum Flugzeug nach Montreal, das näher bei Lake Placid lag als New York.

Von ihren Gasteltern, den Walkers, hatte sie einen guten Eindruck, als sie mit ihnen im Auto saß und von Montreal nach Lake Placid fuhr. Ihre Kinder waren nicht mitgekommen, da die Tochter am Nachmittag Lacrosse spielte, der Sohn Basketball. Die Walkers sprachen ununterbrochen, meistens über George W. Bush und wie unerträglich es sei, in einem Land zu leben, das von einem *moron* wie ihm regiert würde. Afghanistan, Irak, all die Kriege, die Lügen, die Irrtümer. Sie erzählten ihr das, als wüsste Amalia nicht das Geringste davon, dabei hatte sie viele dieser Sätze schon zu Hause am Küchentisch gehört, manche selbst im Politikunterricht gesagt. Ihre Gasteltern hofften auf einen jungen Senator aus Chicago namens Obama. Amalia saß still im Fond und schlug Wörter nach, die sie nicht kannte: *moron* = Trottel.

Textnachrichten trafen ein, von ihrer Mama, von Bodo, von Josef. Amalia klammerte sich an das Handy, als wäre es die Heimat selbst.

Die Walkers hatten ein Häuschen am Rand von Lake Placid, schmuck sah es von außen aus, blassgelbes Holz, weiße

Fensterrahmen, ein spitzes Dach. Amalias Zimmer lag im ersten Stock. »*Small, but cosy*«, sagte Lynn Walker, als sie die Tür schwungvoll öffnete und das Licht einschaltete. Was sie nicht erwähnte, war die Tatsache, dass das Zimmer kein Fenster hatte, also verlor auch Amalia kein Wort darüber und tat so, als sei alles in Ordnung, als freue sie sich, dass ihr dieser düstere Ort überlassen wurde. Sie könne sich jetzt ausruhen, bis die Kinder nach Hause kämen, sagte Lynn, ging zufrieden hinaus und schloss die Tür.

Amalia setzte sich auf das Bett, neben den riesigen Kuschelhasen, der dort schlaff lag, und schrieb ihrer Mutter, dass sie sofort kommen solle, um sie abzuholen. Dann legte sie sich hin, schlief eine Stunde. Als sie aufwachte und ihr Handy checkte, fand sie keine Antwort von ihrer Mutter vor und entdeckte, dass sie die Textnachricht versehentlich nicht abgeschickt hatte. Sie lag auf dem Bett, eingeschlossen von Wänden, die mit Blümchenmustern tapeziert waren, und entschied sich dafür, dass sie das aushalten würde. Um es aushalten zu können, würde sie es niemals erwähnen. Mitleid musste vermieden werden. Sie löschte die Worte an ihre Mutter, stand auf und räumte ihre Sachen in den Schrank.

Nach einem Monat hatte sie sich in ihrem neuen Leben eingerichtet, spielte in der Schule eine ähnliche Rolle wie zu Hause, lernte Lacrosse und hielt Distanz zu den Walkers, denen sie nicht verzeihen konnte, dass sie ihr ein Zimmer ohne Fenster zumuteten. Mit den Walker-Zwillingen, knapp zwei Jahre jünger als Amalia, konnte sie nichts anfangen. Manchmal hasste sie ihre Gasteltern, wenn ihr die äußere

Düsternis auch das Gemüt verdunkelte, wenn sie angewidert war von der schweren, stickigen Luft, die sie einatmen musste. Wie konnte sie ein gewinnender Mensch sein, wenn ein Zimmer, das sich mit ihrem Atem gefüllt hatte, so widerlich roch? Machte sie die Tür auf, hörte sie den Fernseher unten, fast immer die empörten, anklagenden Stimmen von CNN.

Als ihre Eltern einen Besuch ankündigten, überlegte sie sich Strategien, wie sie verhindern konnte, dass Mama und Papa ihr Zimmer sahen, fand aber keine, die etwas taugte. Vor nichts hatte sie mehr Angst als vor diesem Moment: das Entsetzen, die Wut von Mama und Papa. Sie würden ihre Tochter mit nach Hause nehmen, und das wollte Amalia auf gar keinen Fall. Sie mochte ihr Leben in Lake Placid, trotz des Zimmers, sie wollte dieses eine Jahr durchhalten.

Schließlich gelang es Amalia, ihre Eltern nach New York zu bugsieren. Man könne sich dort treffen, zusammen durch die große Stadt streifen, das sei viel attraktiver als Lake Placid, wo man nach drei Stunden alles gesehen habe, in Wahrheit nach zwei Stunden. Sie hatte die Museen von New York gegoogelt und schickte ihren Eltern eine Liste von Ausstellungen, die sie unbedingt zusammen besuchen mussten. Also traf man sich in New York. Ein Hotel in der Lower East Side, drei Nächte.

Eine schöne Zeit, MoMA, Guggenheim, Met, Frick Collection, bis zum letzten Abend, als ihre Mutter beim Abschiedsessen in SoHo fragte, wie Amalia damit klarkomme, in einem Zimmer ohne Fenster zu leben.

»Ihr wisst das?«

Ihr Vater warf seiner Frau einen vorwurfsvollen Blick zu. Damit wurde klar, dass sie eigentlich vorgehabt hatten, Amalia zu verheimlichen, was sie von diesem Zimmer wussten, die ganze Zeit gewusst hatten. Die Walkers waren offenbar so fair gewesen, diesen Makel vorab zu kommunizieren, aber ihre Eltern hatten entschieden, dass das für Amalia zumutbar sein würde.

Sie stand auf, verließ das Restaurant, langsam, scheinbar gefasst, draußen rannte sie los, sah bald, dass ihr Vater ihr folgte, rannte schneller, bog ab, noch einmal, drehte sich ständig um, bis sie ihn nicht mehr sah.

Es war Mitte November, aber es war warm. Amalia streifte ziellos durch den Süden von Manhattan, bis sie vor der Brooklyn Bridge stand. Sie folgte dem Fußgängerpfad hinüber, links die donnernden Autos, rechts der East River. In der Mitte blieb sie stehen und versuchte abzuschätzen, ob die Türme der Stadt, würden sie umfallen, sie erreichen könnten. Ein Mann sprach sie an, und sie tat, als würde sie kein Englisch verstehen, ging zurück, rannte schließlich los, rannte, bis sie die Brücke in ihrem Rücken nicht mehr sah.

Nach einigen Umwegen durch Chinatown und Little Italy fand sie das Hotel, ihr Vater saß in der Lobby, war eingenickt. Sie schlich an ihm vorbei und versuchte, unbemerkt in ihr Zimmer zu kommen, aber ihre Mutter, die im Nachbarzimmer wach lag, hörte das Klicken des Schlosses, war schnell draußen und nahm sie fest in den Arm. Amalia ließ das über sich ergehen, hörte die Entschuldigungen, alles habe so gut gepasst, ausgesprochen nette Leute, weder arm noch zu reich, gebildet, politisch auf der richtigen Seite, zwei Kinder in einem ähnlichen Alter wie Amalia. Beim Frühstück das

Gleiche noch einmal, sie verzieh ihrer Mutter, nachdem die zum hundertsten Mal darum gebeten hatte, sagte jedenfalls, dass sie das täte.

Als Amalia ein paar Stunden später in einem wackeligen Bummelzug nach Upstate New York fuhr, entschied sie sich, Weihnachten nicht nach Hause zu fliegen. Das war die Strafe. Dann kam der 24. Dezember, an dem bei den Walkers gar nichts passierte, was Amalia überraschte, weil sie sich nicht damit beschäftigt hatte, wie Amerikaner Weihnachten feiern. Einer der Zwillinge sagte ihr, dass es am 25. Geschenke geben würde. Deshalb lag sie Heiligabend fast den ganzen Tag auf ihrem Bett in ihrem düsteren Zimmer, atmete die Luft, die sie schon mehrmals geatmet hatte, und ging nicht ran, als abends im Minutentakt Anrufe ihrer Eltern reinprasselten. Mit Bodo sprach sie kurz, nachdem er ihr geschworen hatte, dass er allein in seinem Zimmer war. Sie legte auf, als sie merkte, dass sie gleich würde weinen müssen. Der 25. Dezember rauschte an ihr vorbei, als wäre sie nicht anwesend, am 26 machte sie einen langen Spaziergang durch die immerhin verschneite Stadt, minus zwölf Grad, und dann erblickte sie einen Jungen mit einem Rucksack, der aus der Ferne aussah wie Josef, und das war Josef.

Die Walkers nahmen ihn freundlich auf, sagten aber, dass sie keinen Platz für einen weiteren Gast hätten, weshalb sie ihn bei Freunden unterbrachten, einer schwarzen Familie. Jede freie Minute verbrachte Amalia mit Josef, lehrte ihn Skifahren, saß mit ihm diskutierend in Cafés, zeigte ihm Montreal, und als alle vier Walkers an einem Vormittag nicht daheim waren, schwänzte Amalia die Schule und schlief mit

Josef in der Dunkelheit des Zimmers ohne Fenster. Zwei Tage später flog er nach Hause. Er war jetzt ihr Freund und blieb es, als sie im Frühsommer nach Deutschland zurückkehrte.

»Ich war zu jung für ein Kind«, sagte sie. »Anfang zwanzig, ich wollte mich in mein Studium stürzen, ich wollte das Leben genießen.«

»Du hättest mich deshalb nicht verlassen müssen.«

»Ich konnte es dir nicht sagen. Aber ich hätte es auch nicht ertragen, es dir nicht zu sagen, wenn wir uns getroffen hätten. Deshalb musste ich Abstand von dir gewinnen.«

»Ich weiß nicht, ob ich dir das glauben kann.«

»Wir waren jung, Josef, sehr jung.«

»Ich hätte das wissen müssen. Es wäre auch mein Kind gewesen.«

»Vielleicht gibt es eine zweite Chance.«

»Du verhütest nicht?«

»Nein. Du?«

»Nein.«

Er schwieg.

»Wäre das schlimm, wenn ich schwanger wäre?«

»Du meinst, so schlimm wie damals für dich?«

»Erst einmal finden wir hier raus, dann sehen wir weiter«, sagte sie, stand auf und legte sich neben ihren Bruder.

Sie schlief nicht lange, wurde panisch wach, weil John Deere in ihrem Kopf herumspukte; sie sah, dass sie nackt vor ihm stand, von zwei anderen Männern festgehalten, während er seinen Gürtel öffnete. Sie wusste nicht, ob das als Traum begonnen hatte oder ob sie schon wach war, als diese

Vorstellung in ihrem Kopf auftauchte. Obwohl sie sich jeden weiteren Gedanken an diese Situation verbot, kamen sie ihr immer wieder von Neuem, bis sie unter John Deere lag, sein Kinnlappen hing über ihrem Gesicht. Amalia zog den Revolver unter dem Schlafsack hervor, auf den Bodo seinen Kopf gebettet hatte. Er blinzelte, schlief weiter. Sie legte sich wieder hin, eine Hand auf dem Revolver. Gero saß mit einem Speer in der Hand am Ufer und hielt Wache. Vor ihm stieg eine dünne Rauchfahne auf.

XVII

Als sie am nächsten Morgen aufwachte, stand Bodo bis zu den Hüften im Wasser, hielt einen Speer in der rechten Hand und ließ ihn manchmal nach unten schnellen, mit der Spitze voraus. Er war nackt. Amalia hörte ihn fluchen.

Gero stellte sich ans Ufer und sagte: »Du scheinst nicht daran zu glauben, dass wir hier schnell rausfinden.«

»Irgendwann müssen wir was essen.«

»Wisst ihr was«, sagte Gero, »warum trennen wir uns nicht einfach? Jeder versucht, sich auf eigene Faust durchzuschlagen. So haben wir die besten Chancen.«

»Du willst nur deine Haut retten«, sagte Josef.

»Meine Haut«, schrie Gero und strich sich mit einer Hand über den Unterarm, »noch nie hatte jemand etwas gegen diese Haut.«

»Hört auf«, sagte Amalia.

»Ich hör nicht auf, ich habe zwei Kinder und eine Frau. Die brauchen mich. Ich lass mich nicht wegen dem da massakrieren.«

Er zeigte auf Josef.

»Ich habe auch eine Frau und ein Kind«, sagte Josef.

»Aber ich betrüge meine Frau nicht«, fauchte Gero mit einem Blick auf Amalia.

»Wir haben zusammen die beste Chance«, sagte Amalia ruhig.

»Gib doch Gero die Pistole«, sagte Josef, »dann kann er mich abknallen wie einen Hund und kommt heil nach Hause zu seiner schönen, blütenweißen Familie.«

»Das mache ich nicht«, sagte Amalia. »Wir brechen jetzt auf. Ich fahre mit Gero.«

Von der tief stehenden Sonne war der Himmel lila eingefärbt, die Schäfchenwolken leuchteten altrosa. Kitsch, dachte Amalia, der pure Kitsch. Unter einem solchen Himmel wollte sie nicht sterben, das war unwürdig. Dann wurde ihr klar, dass sie zum ersten Mal bei diesem Ausflug daran gedacht hatte, hier den Tod zu finden, als hätte sie das bislang nicht ernst genommen, eher als Spiel betrachtet. Sie dachte daran, dass sie vielleicht nicht erleben würde, wie die Sonne heute unterging, und sie schaute auf ihre Uhr. Es war sieben, noch neun Stunden, was eher beruhigend klang – nach einer langen Zeitspanne. Ihr Tod wurde wieder unwahrscheinlich, unwirklich. Ihre Hände fühlten sich heute besser an als gestern, sie paddelte kraftvoll und spürte, wie Gero ihrem Rhythmus willig folgte. Das andere Kanu lag eine Bootslänge zurück. Das Fließ wurde breiter, was ihre Hoffnung nährte, vielleicht doch auf die gleiche Weise gerettet zu werden wie das Mädchen am Amazonas.

»Hast du dich eigentlich entschieden, Gero?«, rief Bodo aus dem hinteren Kanu.

»Ach Brüderchen«, dachte Amalia. Und mochte ihn für diesen naiven Versuch, in die Normalität zurückzufinden.

»Wenn ich den Scheiß hier überlebe, will ich noch mal Vater werden, das steht fest.«

»Mit deiner Frau oder der Freundin deiner Frau?«

»Mit beiden.«

»Guter Kompromiss.«

»Und wenn die Kinder am selben Tag geboren werden, sind das dann auch Zwillinge?«, fragte Josef.

Gero antwortete nicht, weshalb Amalia fieberhaft nach einer launigen Bemerkung suchte, aber ihr fiel nichts ein, und wieder versanken alle in Schweigen.

Amalia dachte an die fröhlichen Momente der Viererbande, dachte an den Winter mit dem vielen Schnee, als sie fast noch Kinder waren und immer wieder einen Waldweg runterrodelten. Sie hatte einen Aufkleber besorgt, der einen goldenen, glitzernden Tannenbaum zeigte, und wer als Erster unten war, durfte sich den goldenen Tannenbaum auf den Schlitten kleben. Alles war erlaubt, auch das Wegstoßen oder Wegtreten der anderen Schlitten, was immer harmlos ausging, weil der Schnee am Rand des Waldwegs so hoch lag und jeden Sturz dämpfte. Sie lachten, lachten, lachten, fachsimpelten über die Ideallinie, die beste Strategie, wenn sie ihre Schlitten nach oben zogen, rasten aufs Neue nach unten. So blieb es zwischen ihnen bis zu dem Zeitpunkt, als sie davonlief, weg von Josef. Sie konnten daran anknüpfen, als sie, vermittelt durch Gero und Bodo, vorsichtig zueinanderfanden, im Rahmen der Viererbande, die sich jährlich für einen Ausflug verabredete und jedes Mal Momente des Glücks und der Fröhlichkeit erlebte wie in jenem Winter mit dem goldenen Tannenbaum.

Sie hatte das Gefühl, dass sich die Natur änderte, aber in Wahrheit änderte sich nur ihr Erleben der Natur. In einigen Momenten empfand Amalia sie als stiller, aber dann wieder als lauter, hektischer. Sangen nicht die Vögel in den Bäumen, die sie passierten, schriller als gestern, surrten nicht die Insekten aggressiver?

Hunger kam dazu. Bodo hatte nicht einen Fisch aufspießen können.

Amalia spürte, dass sich Gero kaum noch auf ihren Rhythmus einließ. Er schien nicht konzentriert, setzte manche Züge aus oder tauchte sein Paddel verspätet ein. »Was lenkt ihn ab?«, fragte sie sich, bis ihr einfiel, dass er vielleicht auf einen richtigen Moment wartete, wofür auch immer, Versuche machte und abbrach. Als er tatsächlich attackierte, war sie vorbereitet, rutschte blitzartig vor in die Bootsspitze, drehte sich dabei um und hielt das Paddel drohend erhoben. Geros Griff nach der Pistole ging ins Leere, er fiel fast vornüber, fing sich ab und attackierte erneut. Amalia schlug ihm das Paddel gegen den Kopf, nicht allzu wuchtig. Er sackte zur Seite, das Kanu kippelte, aber kippte nicht, dann waren Bodo und Josef da, hielten Gero über die Bordwände hinweg fest.

»Ruhig, Bruder«, sagte Bodo.

Amalia zog die Pistole und richtete sie auf Gero.

»Ihr gottverdammten Idioten«, schnaubte er.

Sie manövrierten die Boote ans Ufer und stiegen aus. Bodo legte einen Arm um Gero und führte ihn ein Stück in die Wiese hinein. Amalia und Josef blieben zurück, jeder hielt ein Kanu am Seil, als hätten sie Pferde zum Wasser geführt.

»Danke.«

»Er hätte dich nicht erschossen. Wahrscheinlich wäre er mit der Pistole abgehauen.«

»Das glaube ich nicht. Dann wäre ich für eine Weile gerettet gewesen, weil euch das Mordinstrument gefehlt hätte, ihn aber hätten sie gejagt. So blöd ist er nicht. Er ist halt ein Rassist.«

»Das stimmt nicht.«

»Damals, als wir den Boykott gegen die Hausmeisterfrau gemacht haben, hat er sich dort Süßigkeiten gekauft.«

»Blödsinn.«

»Ich habe ihn gesehen.«

»Warum hast du nichts gesagt?«

»Damit ihr euch hättet entscheiden müssen zwischen Gero und mir? Damit es wieder meinetwegen ein Problem gab? Auf keinen Fall, das wollte ich nicht.«

Sie wusste, dass sie etwas sagen musste. Aber es ging nicht. Sie war plötzlich eingeschlossen in einer engen Box, nichts konnte raus, nichts kam herein, Leere, Finsternis. Sie sah, dass es Gero nicht schaffte, sich eine Zigarette anzuzünden, weil seine Hände so zitterten. Bodo nahm ihm das Feuerzeug ab, zündete ihm seine Zigarette an.

Nach einer Viertelstunde kamen die beiden zurück. Gero entschuldigte sich bei allen, ihm seien die Nerven durchgegangen, das käme nicht mehr vor, darauf könnten sie sich verlassen.

»Okay, weiter«, sagte Amalia. »Bodo und Gero zusammen, Josef und ich in dem anderen Kanu. Josef, du sitzt vorn.«

151

Sie stiegen ein, fuhren weiter, schweißnass bald. Der Himmelskitsch war verschwunden, auch die Wölkchen, großes, reines Blau, Hitze.

Gegen Mittag näherten sie sich einem Haus. Es stand nahe am Ufer und ähnelte dem Gasthaus, in dem sie Ärger mit den Einheimischen bekommen hatten. Schon von Weitem sahen sie, dass es verlassen war, leere Fenster, Löcher im Dach. Schwarzer Ruß an der Außenwand, als habe das Haus gebrannt.

Sie stoppten die Kanus und berieten, was sie tun sollten. Das Haus war der ideale Hinterhalt, von dort konnten sie leicht unter Feuer genommen werden. Andererseits war die Zeit noch nicht abgelaufen, was ihnen Schutz bot, wie Amalia einwarf. Schließlich entschieden sie, dass Bodo vorausgehen solle, um die Ruine zu erkunden. Er nahm seinen Speer, stieg aus und zog los. Amalia sprang an Land, lief ihm nach, umarmte ihn lange.

»Willst du nicht lieber den Revolver mitnehmen?«

»Gib du mir Feuerschutz«, sagte er im Ton von Soldaten aus Vietnamfilmen.

»Nimm es endlich ernst«, dachte Amalia.

»Bis gleich, Schwesterchen.«

»Ein Schwimmer wie er«, dachte Amalia, während sie ihm nachsah, »sucht die Rettung im Wasser. Wenn er fliehen müsste, wäre er in diesem Element allen überlegen. An Land hingegen ...«; sie betrachtete liebevoll seinen unbeholfenen Versuch, zu schleichen. Mit seinen komischen Füßen konnte das nicht gelingen.

Amalia stieg wieder zu Josef ins Kanu. Hitze, kein Schatten, kein Windhauch, nirgends eine Regung, ein Geräusch. Die bläulichen Hügel waren weit weg und hoben sich kaum vom Himmel ab, waren nur als Schemen erkennbar.

Als sich Bodo dem Haus bis auf fünfzig Meter genähert hatte, sprintete er los, mit merkwürdig ausgestellten Beinen, schien kaum voranzukommen.

»Wenn jetzt ein Schuss fällt, ist mein Bruder tot«, dachte Amalia. Niemand mehr, der Heringshappen in rosafarbener Mayonnaise in ihren Kühlschrank stellte und verschimmeln ließ. Niemand mehr, der sich grinsend erkundigen konnte, wie es ihren »Babys« gehe. Nur Bodo hatte sie erzählt, dass sie sich Eier hatte entnehmen und einfrieren lassen, zur Sicherheit, weil man nicht wusste, wann wieder einer auftauchen würde wie Josef. Niemand mehr, der Frauen aus aller Welt über Wochen bei ihr einquartierte, Reisebekanntschaften, die auch dann eintrudelten, wenn Bodo unterwegs war, weil sie unbedingt Berlin kennenlernen wollten. Niemand mehr, dem sie die Fußnägel schneiden und feilen würde, ein Ritual, das sie beide merkwürdig, mitunter eklig fanden, an dem sie aber festhielten.

Bodo hatte das Haus erreicht, machte einen Hechtsprung und landete unter einem der Fensterlöcher. Absolute Stille in beiden Kanus. Warten, warten. Dann richtete sich Bodo in Zeitlupe auf, lugte durch das Fenster, kletterte ins Haus. Amalia wollte lospaddeln, aber Josef zog in die Gegenrichtung, sodass sich das Kanu nicht vom Fleck bewegte.

»Warte.«

Niemand mehr, der ihr erzählen konnte, wie es ihren Eltern ging. Denn sie hatte den Kontakt abreißen lassen, las die

Mails nicht, die ihre Mutter schickte, ging auch Weihnachten nicht ans Telefon, wenn sie mal von dem einen, mal von dem anderen Handy anriefen, meldete sich selbst nur einmal im Jahr, wenn ihr danach war, wenn es ihr so mies ging, dass es nicht mehr darauf ankam, wie sie sich nach dem Gespräch fühlen würde. Meistens fühlte sie sich danach gar nicht so schlecht, trotzdem ließ sie sich lieber von ihrem Bruder über das Leben ihrer Eltern unterrichten als von denen selbst.

Bodo kam aus dem Haus, hob einen Daumen.

»Kommt, ich zeig euch was«, rief Bodo, nachdem sie sich dem Haus genähert hatten.

»Wir dürfen keine Zeit verlieren«, sagte Josef.

»Geht schnell.«

Sie legten an, stiegen aus, vertäuten die Boote und folgten Bodo ins Haus. Abgeblätterte Tapeten, Wasserflecken, Schimmel, eingebrochene Dielen, geschwärztes Holz, wo kleine Feuer gebrannt hatten, der Geruch von Verwesung, keine Möbel, nicht ein Stück. Die schiefe Treppe hoch, große Schritte, wo die Stufen fehlten, begleitet von einem irritierenden Knarzen. Bodo führte sie zum Badezimmer, ging als Erster hinein.

»Bodo«, sagte Amalia, »du mutest mir keinen Anblick zu, den ich nicht verkraften kann, okay?«

»Es sind nur Puppen.«

Drinnen sah sie ein Loch in der Wand, wo das Waschbecken gewesen war, ein Loch im Boden, wo die Toilette gewesen war. Nur die Badewanne existierte noch, ohne Armaturen, die Farbe eher Gelb als Weiß.

Ein schwarzer Ken lag darin, blau-weiß gestreiftes T-Shirt,

beige Hose, weiße Sneaker, abgerissener Kopf. Ein Stück
daneben eine blonde Barbiepuppe, ohne Kleider, weit aus-
einandergespreizte Beine, zwischen denen, wie mit einem
Schraubenzieherhieb hineingestanzt, ein Loch klaffte.

Zum ersten Mal sah Amalia Angst in Josefs Gesicht aufflackern, und im selben Moment packte sie selbst die große
Angst. Sie würden Josef nicht nach Hause zurückkehren lassen, wer auch immer ihn umbrächte. Wenn sie es nicht
täte, müsste sie John Deere ertragen, und seine ganze Horde
dazu. Sie spürte ein Zittern, das sie nicht sehen konnte. Ihre
Hände, ihre Arme blieben ruhig, aber sie hatte das Gefühl,
als zittere sie am ganzen Leib. Erst jetzt fiel ihr auf, dass
Gero nicht bei ihnen war. Sie verließ das Bad und ging nach
unten. Eines der Kanus war verschwunden, in zweihundert
Metern Entfernung sah sie Gero mit hoher Schlagzahl davon-
paddeln.

Bodo hatte ihm nachlaufen wollen, ausgerechnet, Josef und
Amalia hielten ihn ab.

»Er ist eh ein Rassist«, sagte Josef.

»Das stimmt nicht, er hat nur Angst«, sagte Bodo.

»Er hat damals den Boykott gebrochen«, sagte Amalia.

Immerhin hatte Gero das zweite Paddel aus dem Kanu zurückgelassen. Amalia setzte sich in den Bug, Bodo in die Mitte,
Josef ins Heck. Das Boot, nicht für drei Erwachsene gebaut,
lag tief im Wasser. Nach ein paar Metern trennten sie sich
von dem meisten Gepäck, warfen ein Zelt, zwei Schlafsäcke
und die Kühltasche über Bord, was dem Kanu aber nur wenig
Auftrieb gab. Wenn sie schnell fuhren, schwappte Wasser

über die Bordwand. Also paddelten sie langsamer, als sie gekonnt hätten.

»Lasst uns laufen«, rief Bodo nach einer halben Stunde.

Sie diskutierten das kurz, setzten die Fahrt dann fort. Amalia machte ein paar verzweifelte Versuche, sich auf der Karte zu orientieren, vergeblich.

Dreihundertvierunddreißig Schritte waren es vom Beginn der Geraden bis zu der Kurve, wo der Unfall passiert war. Der Oberleutnant stand gegen die Motorhaube des Wolfs gelehnt und rauchte.

»Ich glaube nicht, dass es Ihre Schuld war«, sagte er.

»Danke, dass Sie das sagen. Kann ich auch eine haben?«

Sie rauchte nicht, griff nur zu Zigaretten, wenn es ihr besonders gut ging oder besonders schlecht. Der Oberleutnant gab ihr eine, dann Feuer.

»›Feuer frei‹, sagen wir hier, wenn geraucht werden darf.«

Sie lächelte kurz, um zu zeigen, dass sie dankbar war für den Versuch, sie aufzuheitern.

»Aber warum war er so schnell?«, sagte sie nach ihrem ersten Zug. »Warum hat er so spät gebremst? Die Kurve hat ihn überrascht, er hat nicht damit gerechnet, dass sie schon kommt.«

»Vielleicht hat er sich verhört.«

»Können wir uns reinsetzen? Ich kann nicht lange stehen.«

Der Unfall lag vier Monate zurück, sie hatte noch ein paar Stahlnägel im Leib, die Knochen zusammenhielten, unter anderem im rechten Arm, wo sie einen offenen Bruch gehabt hatte. Man würde ihr die irgendwann rausziehen, und die Wunde war gut verheilt, Probleme machte ihr nur die Wirbelsäule. Da warteten noch Operationen auf sie, bis dahin hatte sie Schmerzen, wenn sie länger stand.

»Vielleicht habe ich mich verlesen«, sagte sie, als sie im Wolf saßen, die Türen offen, wegen der Zigaretten. »Eine 3 sieht einer 5 ähnlich. Jeden Tag quäle ich mich mit dem Gedanken, dass ich 500 gesagt habe, nicht 300, dass Fabian dachte, die Gerade sei noch lang genug, dass er auf dem Gas bleiben könnte.«

Der Oberleutnant beugte sich zu ihr rüber, holte ein Blatt Papier und einen Stift aus dem Handschuhfach, malte eine 3 und eine 5, die ihm ziemlich krakelig gerieten, weil er keine feste Unterlage hatte. Eine Weile schauten sie schweigend auf das Blatt.

»Das Gebetbuch lag auf meinen Knien, die Ziffern waren kleiner als die dort, es schüttelt einen ziemlich durch, wenn man eine Schottergerade mit Tempo 150 langrast. Es kann sein, dass ich mich verlesen habe.«

Sie machte einen Zug, warf die Zigarette hinaus.

»Ich weiß, wie es einen hier durchschüttelt«, sagte der Oberleutnant, »selbst mit achtzig Sachen. Ich könnte da gar nichts erkennen.«

»Aber ich durfte mich nicht verlesen.«

Sie weinte.

Einmal hatte sie eine kleine Auseinandersetzung mit Fabian gehabt. Ihm gefiel nicht, dass sie in den Pausen für die Uni lernte, statt sich auf die nächste Sonderprüfung zu konzentrieren, sich das Gebetbuch so gut wie möglich einzuprägen.

»Ich habe auch noch andere Prüfungen«, hatte sie gesagt,

etwas schnippisch. Später tat ihr leid, dass er das so verstehen konnte, dass sie im Gegensatz zu ihm, der nicht studierte, noch andere Prüfungen hatte. Er sprach das nicht mehr an. Ihr einziger großer Streit.

»Ich war in Afghanistan«, sagte der Oberleutnant. »Ich musste manchmal raus mit meinen Leuten. Im Camp war es wie in Deutschland, nur heißer, draußen war es die Hölle, Minen, Hinterhalte, wir mussten ständig mit dem Schlimmsten rechnen. Ich durfte keinen Fehler machen, weil das meine Leute die Gesundheit hätte kosten können oder das Leben, aber ich wusste, dass es unmöglich war, unter diesen Bedingungen nie einen Fehler zu machen. Man kann nicht immer aufmerksam sein. Man muss auch Glück haben, um gut durchzukommen. Ich hatte zum Glück immer Glück.«

Amalia sah ihn an, während er sprach. Ein Mann von Mitte zwanzig, etwas älter als sie, freundliches Gesicht, hängende Schultern. Ohne die Uniform würde sie ihn in einer Tierarztpraxis ansiedeln. Ihre Eltern hatten immer zwei Corgis.

Nach einer Pause sagte er: »Ich hätte auch Pech haben können. Aber ich wäre derselbe Mensch gewesen, mit denselben Stärken und Schwächen, nur einmal mit Pech statt mit Glück. Verstehen Sie, was ich meine?«

»Kann ich mal den Stift und das Papier haben?«

Der Oberleutnant gab ihr die Sachen, die er in ein Fach in der Fahrertür gelegt hatte.

»Haben Sie eine Unterlage für mich?«

Er stieg aus, kramte im hinteren Teil des Wolfs und kam mit einer flachen Kiste wieder.

»Geht das?«

»Ich denke schon.«

Sie platzierte die Kiste auf ihren Knien, legte das Papier drauf und malte eine 3 und eine 5.

»Sehen Sie das?«

»Eine 3 und eine 5.«

»Fällt Ihnen etwas auf?«

»Die 3 ist sehr eckig. Wie zwei übereinandergestapelte Quadrate, die nach links offen sind.«

»Und die 5?«

»Die ist rund, fast wie ein großes S.«

»Genau. Früher habe ich die Zahlen nicht so geschrieben, die 3 nicht so eckig, die 5 nicht so rund, sondern normal, so wie alle schreiben.«

»Ich weiß, was Sie meinen.«

»Ich habe es nicht bewusst geändert. Es ist passiert. Vor Kurzem fiel mir auf, dass ich so schreibe.«

»Es war nicht Ihre Schuld.«

»Das sage ich mir auch. Aber ich gebe mir unbewusst die Schuld, sonst würde ich nicht so schreiben, dass mir dieser Fehler nicht noch einmal passieren könnte. Obwohl ich nie mehr an Rallyes teilnehmen werde. Ich fand das immer albern.«

»Verrat«, dachte sie, »jetzt hast du Fabian auch noch verraten.«

»Ich hatte mir eine Frau, die Motorsport treibt, ohnehin anders vorgestellt.«

»Haben Sie sich überhaupt jemals eine Frau vorgestellt, die Motorsport treibt?«

»Stimmt, das habe ich nicht.«

»Darf ich Sie um einen Gefallen bitten?«

»Natürlich.«

»Ich würde die Gerade gerne einmal selbst fahren, von dort hinten bis hierher, bis zum Baum.«

Er sah sie misstrauisch an.

»Eigentlich darf ich Ihnen das Fahrzeug nicht überlassen.«

»Bitte. Ich fahre vorsichtig. Ich weiß nicht, ob Sie das verstehen können, aber es würde mir etwas bedeuten, die letzten Sekunden von Fabians Leben aus seiner Perspektive nachvollziehen zu können.«

»Aber Sie haben nicht vor, den Baum anzuvisieren, oder?«

»Das habe ich nicht vor, das verspreche ich Ihnen. Ich liebe mein Studium, ich will Historikerin werden, ich will eine Familie gründen, Kinder haben. Ich werden Ihnen den Wolf in einem tadellosen Zustand übergeben.«

»Aber verraten Sie mich bitte nicht.«

»Auf keinen Fall.«

»Und ich fahre mit.«

»Als mein Beifahrer?«

»Wenn Sie so wollen.«

Sie stiegen aus, tauschten die Plätze. Sie sah zu Boden, als sie vor der Motorhaube aneinander vorbeigingen.

Amalia startete den Wolf, der Diesel brummte gemütlich los, ein ganz anderer Sound als von dem nervösen, biestigen Toyota. Die Kupplung kam langsam, allmählich, während sie im Toyota blitzartig zugepackt hatte. Amalia lenkte den Wolf auf den Waldweg, fuhr langsam bis zu der Kurve am anderen Ende der Geraden, wo sie das Auto wendete und auf den Waldweg stellte.

»Können Sie ›300 leicht gekrümmt rechts 2 plus. Bäume‹ sagen?«

»Ich soll was sagen?«

»Das waren die letzten Worte, die Fabian gehört hat. Falls ich nicht 500 gesagt habe. Aber ich möchte, dass jetzt das Richtige gesagt wird.«

»Okay«, sagte der Oberleutnant gedehnt.

Amalia trat einmal leicht aufs Gaspedal, um zu zeigen, dass sie bereit war. Kein Aufheulen des Motors, eher ein kleines Rülpsen.

»300 leicht gekrümmt rechts 2 plus. Bäume.«

Sie gab Gas, stärker, als sie gewollt hatte. Der Wolf zog los, Amalia sah aus den Augenwinkeln, wie sich die Hände des Oberleutnants in seine Oberschenkel krallten, beschleunigte, bis die zitternde Nadel auf dem Tachometer die 50 erreicht hatte, ging dann runter auf 40, hielt auf den Baum zu, das ließ sich nicht vermeiden, das war einfach die Richtung. Seltsamerweise dachte sie an Josef, nicht an Fabian. Josef hatte sie nicht im Krankenhaus besucht, auch nicht in der Reha. Eine Textnachricht, dass er hoffe, sie würde sich bald erholen. Drei Zeilen, dann ein Emoji, eine lächelnde Krankenschwester mit einer Spritze. Eine Minute später: »Und: Mein Beileid!«

Der Wolf hatte den Baum fast erreicht, Amalia hielt an, sie wechselten die Plätze. Schweigend fuhren sie zum Tor des Panzerübungsgeländes. Dort angekommen, gaben sie sich die Hand.

»Seien Sie bitte nicht so traurig.«

»Ich bin nur hier traurig.«

»Heißt?«

»Als Historikerin kann ich in vielen Zeiten leben, neben dem Jetzt. Im Moment lebe ich auch im Jahr 420 vor Christus, weil ich bald eine Seminararbeit über den Peloponnesischen

Krieg schreiben muss. Ich bin dann in Syrakus im Süden von Sizilien und sehe, wie die attische Flotte in die Bucht rudert, und ich möchte den Soldaten zurufen, dass sie das nicht tun dürfen, weil sie dann in der Falle sitzen und von den Spartanern und ihren Verbündeten aufgerieben werden.«

Sie sah den irritierten Blick des Oberleutnants.

»Na ja, egal, jedenfalls ist Fabian nicht auf einem der Schiffe vor Syrakus, und ich muss nicht traurig sein im Jahr 420 vor unserer Zeitrechnung. Das ist mein Vorteil.«

Sie stieg aus und setzte sich in das Auto, in dem Bodo auf sie wartete.

XVIII

Sie hatte Hunger, ihre Hand pochte wie wild, ihre Daumen brannten, sie hatte keine Kraft mehr. In diesem Zustand traute sie ihrer eigenen Wahrnehmung nicht, weshalb sie zunächst dachte, sie habe sich getäuscht, als sie voraus ein grünes Kanu sah.

»Da ist Geros Kanu«, sagte Josef, und jetzt erst traute sie ihren Augen.

Es trieb quer in dem Fließ. Gero war nicht zu sehen. Sie hielten und starrten auf das Kanu.

»Bitte, bitte nicht«, sagte Amalia.

»Wir fahren da jetzt hin«, sagte Bodo.

»Aber ich will das nicht sehen.«

»Dann mach die Augen zu.«

Und das tat sie, auf den letzten Metern schloss sie die Augen, um die Leiche nicht sehen zu müssen, falls eine in dem Kanu lag.

»Leer«, sagte Josef.

Amalia öffnete ihre Augen, sah nichts in dem Boot außer dem Paddel.

»Ob er zu Fuß weitergezogen ist?«, fragte Josef.

Keiner sagte etwas. Sie legten an, Josef stieg um in das andere Kanu, dann fuhren sie weiter, bis sie zu einer Schleuse kamen.

Die Männer stiegen aus, machten sich an den Handrädern zu schaffen. Amalia bugsierte die beiden Boote in die Kammer, wo das Wasser fast vollständig mit Blättern bedeckt war. Josef schloss das hintere Tor mit dem Rad, das Wasser lief ab.

Nach kurzer Zeit sah Amalia Geros Gesicht. Das Wasser umspielte sein Kinn, Blätter in seinem Haar, ein Zweig. Der Hals wurde frei, ein Schlitz zog sich von einer Seite zur anderen. Man hatte Gero an den Sprossen der Leiter festgebunden. Es sah aus, als würde er aufrecht, mit hängenden Armen, im Wasser stehen. Seine Brust, sein Bauch, sein Unterleib, seine Beine Amalia schrie, sie manövrierte ihr Kanu hart an die gegenüberliegende Wand der Schleusenkammer, drückte sich dagegen. Sie wollte weg von Gero, raus hier, aber sie war schon zu weit unten, und der Leichnam versperrte den Weg die Sprossenleiter hinauf. Oben sah sie Josef und Bodo auf Gero starren. Dann verschwand Bodo, um das Schleusentor zu öffnen. Doch es dauerte, dauerte ewig.

»Mach endlich auf!«, schrie sie.

»Das Rad klemmt!«, rief Bodo.

Auch Josef verschwand, und sie hörte, wie die beiden Männer gemeinsam versuchten, das Metallrad zu bewegen, während sie zusammengekauert in dem Kanu saß, den Blick auf Gero meidend. Endlich öffnete sich das Tor. Amalia paddelte hektisch hindurch, sprang aus dem Kanu und übergab sich auf der Wiese.

»Jetzt wissen wir es«, sagte Bodo.

»Was?«, fragte Josef.

»Dass wir nicht mehr nach Hause kommen werden. Sie schrecken nicht davor zurück, zu morden.«

»Ihr könnt es noch nach Hause schaffen.«

»Hör bitte auf«, sagte Amalia.

»Es stimmt aber.«

»Du beleidigst uns, deine Freunde.«

»Wenn ihr meine Freunde wärt, hättet ihr mir längst die Pistole gegeben.«

»Fang nicht wieder damit an.«

Bodo und Josef hatten Gero losgebunden und in eins der Kanus gelegt. Wind kam auf, kräuselte das Wasser, strich durch das Schilf, das leise raschelte. Die drei saßen auf dem Beton der Schleusenmauer.

»Wir könnten ihnen etwas vorspielen«, sagte Josef. »Ich tue so, als würde ich euch überwältigen, haue dann mit der Pistole ab. Ihr seid raus, weil ihr mich nicht umbringen könnt, und ich schlage mich durch.«

»So blöd sind die nicht«, sagte Amalia.

Schweigen. Der Wind blies stärker.

»Okay, dann sage ich euch was: Erschießt mich. Dann seid ihr gerettet.«

»Unsinn«, sagte Bodo.

»Ich sterbe für euch, kein Problem. Macht es einfach. Amalia, mach du es. Du hast mich schon einmal fast umgebracht. Mach es diesmal gründlich.«

Sie stand auf, ging hinter Josef in die Knie, schlang ihre Arme um seine Schultern, seine Brust, drückte ihn fest an sich. So verharrten sie.

»Los jetzt«, sagte dann Bodo und sprang auf.

Amalia in einem Boot mit Josef, Bodo mit der Leiche von Gero. Ihr Tempo war nicht mehr so hoch wie am Vormittag.

Sie waren erschöpft, und Amalia hatte den Gedanken auf-
gegeben, den Häschern durch Flucht entkommen zu können.
Das war keine Lösung mehr.

Noch drei Stunden.

Sie mussten darauf hoffen, dass Josefs oder Geros Frau die
Polizei alarmiert hatten, dass hier bald ein Hubschrauber
auftauchen würde oder dass sie zufällig auf Leute träfen, die
sie retten könnten. Aber wer sollte das sein?

Sie brauchte mehrere Anläufe, um gedanklich ins 19. Jahrhun-
dert zu gelangen, dann war sie drin, in den Jahren 1805 und
1806, als Aaron Burr angeblich gegen Präsident Thomas Jefferson putschen wollte. Sie begleitete ihn auf seiner berühm-
ten Reise in den Westen, den Ohio runter, dann den Missis-
sippi, machte Station in New Orleans, traf Blennerhassett
auf seiner Insel, lotete aus, was immer sie miteinander aus-
gelotet hatten, eine Invasion von Mexiko, um Burr dort zum
Kaiser zu machen, einen Marsch auf Washington, um Jefferson aus dem Weißen Haus zu jagen, eine Abtrennung der
westlichen Staaten der USA von den atlantischen; sie ritt mit
Burr durch Kentucky, erkundete dabei, ob er wirklich einen
catilinischen Charakter hatte, wie einige Zeitungen damals
schrieben, war zugegen, als er verhaftet wurde, hockte mit
ihm im Gefängnis und dann auf der Anklagebank, hörte den
Freispruch von Chief Justice Marshall. Aaron Burr war kein
Vergehen nachzuweisen.

Stunde um Stunde, Tag für Tag hatte sie in Archiven in
Washington, New York, Weimar, wo auch immer, gesessen,
auf der Suche nach Informationen für ihre Dissertation, auf
der Jagd nach dem versteckten Dokument, dem übersehenen

Brief, der Burrs Bild in der Geschichtsschreibung verändern würde, ein bisschen wenigstens. In ihrem Fall: nach dem unumstößlichen Beweis, dass er tatsächlich einen Putsch gegen den Präsidenten der Vereinigten Staaten von Amerika geplant hatte. Bis in die Gegenwart war das umstritten. Auch Amalia hatte noch nichts gefunden, und was ihr eigentliches Thema anging, die Begegnung von Goethe und Burr in Weimar, galt das gleichermaßen. Dieses Thema war gut für Entdeckungen, in der Tat, so viele Lücken in den Archiven, aber dann musste sie auch tatsächlich welche machen.

Als das Hier und Jetzt in ihr Bewusstsein zurückkehrte, sah sie Federwolken am Himmel, hauchdünn, fransig, sodass sie kaum Schatten warfen. Josef hatte sein Hemd ausgezogen und es sich um den Kopf gewickelt. Amalia drehte sich nach dem anderen Kanu um, sah von Gero die Stirn, da sein Kopf auf einen Schlafsack gebettet war. Dann erblickte sie einen Fisch im Wasser, auf der Seite liegend trieb er durch das Fließ. Sie dachte sich nichts dabei, sie hatten hin und wieder tote Fische gesehen. Eine weitere Fischleiche, noch eine, dann waren es fünf, zehn, zwanzig.

»Siehst du das?«, fragte sie Josef.

»Ja.«

Mehr und mehr tote Fische, bis sie kaum noch vorwärtskamen. Das Wasser war bedeckt von toten Fischen wie die Tische der Fischhändler in Marseille, wo es allerdings Dutzende Sorten und Größen gab, hier nur eine, klein, silbrig, in der klassischen Form, wie jedes Kind Fische zeichnen würde. In der Masse ekelhaft. Amalia stemmte sich gegen ihr Paddel, zog und zog, aber es fühlte sich an wie das Rühren in einer dicken Suppe. Sie blieben fast auf der Stelle, obwohl sie alle Kräfte mobilisierten. Erst nach einigen Minuten dünnte sich der gespenstische Fischschwarm aus, sie glitten durch freies Wasser und kamen zügig voran.

»Sie wollen uns zeigen, dass sie da sind, ganz in der Nähe, dass das Endspiel begonnen hat«, sagte Bodo.

»Sollen wir die Kanus verlassen und zum Wald rennen?«, fragte Amalia.

»Die sind doch im Wald«, sagte Josef.

»Glaube ich auch«, sagte Bodo.

Amalia merkte bald, dass Josef kaum noch zog. Man sah das auch, er führte das Blatt schlaff durchs Fließ, als wollte er mit einem überdimensionierten Thermometer die Wassertemperatur messen, nur noch sie sorgte für Vortrieb. Ihr Kanu war ein Stück hinter Bodos zurückgefallen, obwohl der alleine paddelte und einen Leichnam mitschleppen musste.

»Lässt du mich das jetzt alleine machen?«

Im selben Moment lehnte sich Josef weit nach rechts über die Bordwand, dann nach links und wieder nach rechts. Das Kanu kippte, kenterte. Amalia fiel aus dem Boot, tauchte unter, spürte sofort Josefs Hände an ihrem Körper. Sie stieß ihn weg, wurde gepackt, fand Halt unter ihren Füßen, schnellte mit Kopf und Oberkörper aus dem Wasser, zeitgleich Josef, der sie wieder packte und nach unten zog. Sie hatte gerade noch gesehen, dass Bodo schon im Wasser war und auf sie zukraulte. Schnell wie ein Delfin war er da und riss Josef von Amalia fort.

XIX

»Wie lange noch?«, fragte Bodo seine Schwester.

»Zwei Stunden.«

»Warten wir hier, oder fahren wir weiter?«

»Worauf warten?«

»Dass sie kommen.«

»Was passiert, wenn sie kommen?«

»Was denkst du denn?«

»Ich werde mich erschießen, ich ertrage das nicht.«

»Wenn es nur drei oder vier sind, können wir kämpfen. Du hast den Revolver, ich habe den Speer.«

»Sinnlos.«

Sie saßen in ihren nassen Sachen in der Wiese am linken Ufer des Flusses. Josef lag auf der anderen Seite im hohen Gras, man sah nur seine angewinkelten Knie. Beide Kanus waren auf Amalias und Bodos Seite angebunden, schaukelten auf den Wellen, der Wind war stärker geworden, trieb Federwolken vor sich her und auseinander.

Bodo plädierte für Weiterfahren, an dieser Stelle seien sie ungeschützt, ein ideales Angriffsziel, während sie sich an den Stellen, wo das Schilf mannshoch stand, verstecken könnten, keine große Chance zu entkommen, aber eine kleine immerhin. Hier seien sie Kanonenfutter.

Bodo stand auf.

»Kommst du mit?«, rief er zu Josef hinüber.

Erst verschwanden die Knie, dann tauchte Josef auf, und in dem Moment, als er sich erhob, fiel ein Schuss, nicht laut, offenbar aus großer Distanz abgefeuert. Die beiden Männer kippten ins Gras. Amalia war kurz verdutzt, dass sie alleine in der Wiese saß, alleine in dieser weiten Landschaft, dann warf sie sich hin.

Stille. Ein leises Gurgeln vom Fließ her, sonst nichts. Sie zog die Pistole aus ihrem Hosenbund, wusste aber nicht, was sie damit machen sollte. Wohin zielen? Sie hob leicht den Kopf, die Wiese, Burr, der Wald, Hamilton, Goethe, das Fließ. Ein Hochstand, leer.

»Bodo?«

Keine Antwort.

»Josef?«

»Ja.«

»Bist du verletzt?«

»Nein.«

Panik. Laut: »Bodo?«

»Ja.«

»Bist du verletzt?«

»Sieht so aus.«

Sie kroch zu ihm hin und sah, dass sein Hemd an der linken Schulter rot eingefärbt war.

»Die können nicht mal die Uhr lesen«, sagte Bodo.

»Scheint dich nicht so schlimm erwischt zu haben.«

»Nicht dass es nicht wehtut. Aber warum schießen sie, bevor die Zeit abgelaufen ist?«

»Hast du Fairness von denen erwartet?«

170

»War idiotisch, hast recht.«

»Kannst du kommen, Josef?«, rief sie, sah dann, dass er schon durch das Fließ schwamm. Er zog seine Tasche aus einem der Kanus und robbte damit durch das Gras zu Amalia und Bodo. Dann versorgte er die Schusswunde.

»Danke, Bro.«

Geros Leiche ließen sie zurück, nach kurzer Beratung, ob es schicklicher sei, ihn den wilden Tieren an Land oder dem Fließ zu überlassen. Fürs Bestatten hatten sie keine Zeit. Bis auf die Knochen weggefressen oder eine Wasserleiche? Was hätte Gero bevorzugt? Da sie es nicht wussten, entschieden sie nach ihrer eigenen Pietät, und die sprach für das Land, weil sie darauf hofften, dass die Landtiere ihn bald vertilgt hätten, bis das Skelett übrig bliebe, und ein Skelett hatte Würde. Eine Wasserleiche hingegen, brachte Amalia vor, würde einer langsamen Verwesung anheimfallen, mit einem Zwischenstadium des Aufgeblähtseins. Das waren allerdings nur Vermutungen, bei diesem Thema kannte sie sich nicht aus, auch Josef nicht. Sie zogen den Leichnam an Land, legten ihn ins Gras, mit dem Gesicht dorthin, wo allmählich die Sonne unterging. Seine Armbanduhr nahmen sie mit, als Andenken für seine Frau und die Kinder, denen ein kleines soziales Experiment erspart bleiben würde, konnte Amalia nicht vermeiden zu denken.

Geduckt stiegen sie in die Boote, Bodo in den Bug von Amalias Kanu, wo er sich sofort hinlegte. Josef hatte angeboten, ihn bei sich aufzunehmen, aber sie war dagegen. Ihren Bruder wollte sie jetzt bei sich haben, auch wenn das Paddeln sehr mühsam werden würde. Und so war es auch. Sie kam kaum voran, Josef musste immer wieder warten.

Wie seltsam das war. Ihr Bruder lag angeschossen in einem Kanu, so wie einst, am 11. Juli 1804, Alexander Hamilton mit einer Schusswunde in einem Boot gelegen hatte und von Weehawken über den Hudson zurück nach Manhattan gerudert wurde. Hamilton hatte seinen New Yorker Rivalen Aaron Burr so lange mit Sticheleien provoziert, bis der den ehemaligen Finanzminister der jungen USA zum Duell gefordert hatte.

Gegen sieben Uhr morgens traf man sich in Weehawken, bei Sonnenschein, jeder mit seinem Sekundanten, ein Arzt war auch dabei. Ein großes Ereignis in der Geschichte der USA, wegen der Bedeutung Hamiltons, aber man wusste nichts Genaues über den Hergang, eben das mochte Amalia an ihrem Fach, die Offenheit der Geschichte, man kannte die Fakten selten ganz genau.

Offen hieß in diesem Fall: Wer hatte zuerst geschossen? Burr, sagte später der Sekundant Hamiltons. Hamilton, sagte später der Sekundant Burrs.

Ron Chernow, der Biograf Hamiltons, konnte das auch nicht klären, tendierte aber zu der Annahme, dass Hamilton nicht die Absicht hatte, Burr in dem Duell zu treffen. Als Beleg führte er an, dass die Kugel aus Hamiltons Pistole in einer Zeder gefunden wurde, weit abseits von Burrs Position. Insgesamt zeigte Chernow in seinem voluminösen Buch große Sympathien für Hamilton. Burr galt ihm eher als der Schurke, der er für viele Amerikaner bis heute war.

Nancy Isenberg, die Biografin Burrs, sympathisierte ebenfalls mit dem Subjekt ihrer Forschung und glaubte nicht, las Amalia fasziniert, dass Hamilton einen Fehlschuss beabsichtigt hatte. Warum sonst, fragte sie, habe er vor dem Duell eine Brille aufgesetzt? Wer nicht treffen wolle, brauche keine Brille.

Als gesichert galt nur, dass Burr seinen Kontrahenten einige Zentimeter über der rechten Hüfte traf, die Kugel durchschlug die Leber und blieb in der Wirbelsäule stecken.

»I am a dead man«, sagte Hamilton.

Am Tag darauf starb Alexander Hamilton in seinem Haus in New York. Burr lebte noch zweiunddreißig Jahre, viel Stoff für ihre Recherche.

XX

Bei einem Blick zurück sah sie auf der linken Seite des Fließes eine Staubwolke, gelb flackernd, langsam näher kommen,
scheinbar etwas Weißes vor sich herschiebend. Ein Auto, wie
Amalia bald bemerkte, ein weißer Pick-up, auf dessen Ladefläche Männer saßen, drei oder vier, schätzte sie.

»Sie sind da.«

Josef drehte sich um, Bodo setzte sich hin.

Der Pick-up holte rasch auf, näherte sich aber nicht dem
Ufer, sondern blieb am Rand des Waldes, bewegte sich parallel zu den Kanus und schlich im Schritttempo voran, als er
auf ihrer Höhe war. Amalia meinte, den Lauf eines Gewehrs
zu sehen.

Trotz der Blasen an ihren Händen zog sie mit aller Kraft, bald
aber mit letzter Kraft. Warum noch paddeln? Entkommen
konnten sie nicht mehr.

Weil sie an Josef dranbleiben musste. Das war die andere
Antwort. Da vorn fuhr ihre Lebensversicherung. Sie machte
noch ein paar Schläge, beschämt von ihrem letzten Gedanken, dann stellte sie das Paddeln ein, zog den Revolver aus
dem Hosenbund, ließ ihn ins Boot fallen.

»Was ist?«, fragte Bodo.

»Es hat keinen Sinn mehr. Es sind noch elf Minuten. Wir können ihnen nicht entkommen.«

Josef war so weit weg, dass sie ihn nicht mehr treffen würde. Sie legte das Paddel ins Boot und betrachtete das rohe Fleisch ihrer Hände, schaute dann nach dem Pick-up, der ein Stück vorausgefahren war und jetzt in der Nachmittagssonne stand. Die Männer, es waren vier, die Amalia würde ertragen müssen, beobachteten die beiden Kanus, einer durch ein Fernglas.

Ihr Boot trieb, vom Wind geschaukelt, durch das Fließ. Ohne das Plätschern der Paddel im Wasser war es sehr still. Sie war nicht mehr hier, nicht mehr in diesem Delta. In Weimar war sie, trat als Aaron Burr in Goethes Haus am Frauenplan, wurde eher kühl empfangen. Ein bisschen Plauderei, dann fragte Goethe, ob er wirklich vorgehabt habe, Thomas Jefferson zu stürzen, den Hauptverfasser der amerikanischen Unabhängigkeitserklärung, den Nachfolger George Washingtons im Amt des Präsidenten? Ein starkes Stück.

»Wir haben damals verschiedene Szenarien durchgespielt«, sagte Burr, »auch einen Coup d'État. Wissen Sie, Jefferson war ein übergriffiger Präsident, man musste ihm eine Lektion erteilen. Also ja, ich gebe es zu: Wir haben erwogen, ihn zu stürzen.«

»Und darf ich Sie fragen, werter Herr Burr, wie Sie das Duell mit Herrn Hamilton erlebt haben?«

»Selbstverständlich. Wir hatten die Reihenfolge der Schüsse nicht festgelegt. Wir standen uns gegenüber, hatten einander die Seiten zugekehrt, um weniger Angriffsfläche zu bieten. Wir schauten uns an. Ich wartete. Mister Hamilton hatte eine Brille aufgesetzt, er war ein wenig im Nachteil, das gebe ich zu, weil er in die tief stehende Morgensonne schauen musste, mich vielleicht nur schemenhaft sah, während ich ihn deutlich erkennen konnte. Meines Erachtens schoss Mister Hamilton zuerst.«

»Traf aber offenkundig nicht.«

»Er hat mich weit verfehlt. Dann schoss ich.«

»Sie hätten vorbeischießen können. Dann wäre das Duell für beide Seiten glimpflich ausgegangen, und Sie hätten gleichwohl Genugtuung erfahren, weil jeder geschossen hatte.«

»Vielleicht hätte ich das machen sollen, dann wäre ich nicht als Mörder Hamiltons in die Geschichte eingegangen.«

»Woher sollte er wissen, als was er in die Geschichte eingegangen ist?«, fragte sich Amalia und war zurück in dieser Welt, im Delta. Der Pick-up stand immer noch dort, aber Josef war seltsamerweise wieder so nahe, dass sie ihn vielleicht treffen würde. Als sie das Plätschern seines Paddels wahrnahm, wurde ihr klar, dass er zurückgekommen war. Sie wollte nach der Waffe greifen, die hinter ihrem Rücken lag, tat es aber nicht. Josef stoppte in fünf Metern Entfernung.

»Ich bin schon tot«, sagte er. »Es geht nur noch um eine Frage: Wenn die mich erschießen, sterbe ich ohne Sinn. Wenn du mich erschießt, habe ich dich gerettet.«

»Ich trage schon einen Toten mit mir rum. Zwei Tote überlebe ich nicht. Ich bin auch schon tot, Josef.«

»Wenn du schießt, könnte unser Kind leben.«

»Was für ein Kind?«

»Vielleicht bist du schwanger.«

»Eher nicht.«

»Würdest du es wieder wegmachen lassen?«

»Hör auf.«

»Warum hast du nicht mit mir geredet?«

»Ich konnte nicht. Ich hatte Angst vor deiner Reaktion.«

»Du wolltest kein schwarzes Kind. Das ist der Grund.«

»Das stimmt doch überhaupt nicht.«

Und es stimmte wirklich nicht. Sie war zu jung für ein Kind damals, hatte gerade mit dem Studium begonnen, Geschichte, trotz der Mutter, die natürlich selbstverliebt dachte, es sei wegen ihr, weil das auch eins ihrer Fächer an der Schule war. Kinder mit Josef waren eine Möglichkeit in einer fernen Zeit.

Wahrscheinlich hatte Amalia zu oft die Pille vergessen, daran, dass sie sich täglich diese Chemiebombe verpassen musste, konnte sie sich einfach nicht gewöhnen. Kondome wollten sie beide nicht, Interruptus war zu gefährlich, wie sie dachten, deshalb die Pille, in Gottes Namen. Jeden Morgen das Gefühl, das Falsche zu tun. So unwillig, wie sie es tat, konnte Vergesslichkeit nicht ausbleiben.

Nachdem sie den Test gemacht und das positive Ergebnis gesehen hatte, sagte sie kein Wort zu Josef, sondern wandte sich, nach einiger Überwindung, verzweifelt an ihre Mutter, die sie in den Arm nahm und sagte, dass es nicht so schlimm sei, also schon »gravierend«, wie sie sich ausdrückte, aber nicht schlimm im Sinne von »ausweglos«, es gebe dafür eine Lösung, und sie, die Mutter, werde Amalia dabei selbstverständlich begleiten. Amalia war erleichtert, aber auch enttäuscht. Ein bisschen hatte sie gehofft, ihre Mutter würde ihr eine Tür öffnen, würde sagen, was Amalia selbst schon gedacht hatte, dass es auch richtig sein könne für eine Frau, früh ein Kind zu bekommen, also relativ früh, es ging hier ja nicht um eine Kinderschwangerschaft, sie würde bei der Geburt einundzwanzig sein. Mit Mitte dreißig hätte sie es dann hinter sich, der Weg wäre frei für ihre Karriere.

Hätte ihre Mutter gesagt, »bekomm das Kind, wir helfen dir, dass du das mit deinem Studium vereinbaren kannst«, dann hätte sie vielleicht erleichtert eingewilligt. Kein Wort in diese Richtung. Ihre Mutter war entschieden, war geradezu finster entschlossen, weit mehr als ihr Vater, der erst einmal die Düsseldorfer Tabelle studierte, als er eingeweiht worden war.

Zu Josef sagte Amalia immer noch nichts, zog sich ein wenig zurück, was ihn irritierte. Sie hätte so gerne mit ihm geredet, auch um auszuloten, ob er sich um ein Kind kümmern würde. Von einigen spielerischen Gesprächen wusste sie, dass er im Prinzip Kinder haben wollte, mit ihr Kinder haben wollte, aber erst später. Würde er hören, dass in ihrem Bauch ein Kind heranwuchs, nein, Kind wollte sie nicht sagen, nicht denken, würde er hören, dass sie schwanger war, könnte er womöglich sagen: »Dann ist es eben so.« Zuzutrauen war ihm das.

Wenn sie dann aber sagen würde, es sei ihr noch zu früh für ein Kind, was immer noch ihr Hauptgedanke war, könnte er, wie sie ihn kannte, fragen: »Bist du sicher, dass du es nicht haben willst, weil es nicht weiß wäre?«

Was nicht stimmte, was auf keinen Fall stimmte. Sie war zu jung. Basta.

Manchmal stellte sie sich vor, ihr Kind, ein Mädchen in ihren Tagträumen, wäre fünfzehn, sie selbst sechsunddreißig, dann hatte sie eine Gefährtin vor Augen, eine junge Freundin, und ein paar Jahre später würde man zusammen tanzen gehen, ohne dass Amalia ihrer Tochter peinlich sein müsste, weil sie zu alt wäre für Clubnächte. Schön war diese Vorstellung.

Dann wiederum sah sie sich einen Kinderwagen durch die kleine Fußgängerzone ihrer Stadt schieben, sich dabei angesichts der vielen Blicke asozial vorkommen. Und dann noch ein schwarzes Baby. Dachte nicht sie, dachten die Leute in ihren Gedanken, wobei Amalia sich nicht sicher war, ob sie das damit nicht selbst gedacht hatte. Abbrechen, zu kompliziert.

Josef, fand sie, hatte eine gewisse Neigung, Dinge, die ihm widerfuhren, auf seine Hautfarbe zu beziehen, und das oft zu Recht. Blicke, Bemerkungen, auch angeblich gut gemeinte, freundliche: »Wo kommen Sie her? Sprechen Sie Deutsch?« Die Fragen nach Afrika, namentlich von ihren Eltern, die immer wieder mit Josef über Probleme afrikanischer Staaten reden wollten, als sei er da von Natur aus Experte. Schuld »an den Zuständen dort« seien die einstigen Kolonialherren, sei der Westen mit seiner protektionistischen oder sonst wie diskriminierenden Politik, sagten sie jedes Mal, sagten sie allzu wohlig, fand Amalia, als könnten sie Josef so beweisen, dass sie überhaupt keine Vorurteile hätten, dass ihnen jede Abwertung Afrikas fremd sei. Was sie dabei lange nicht bemerkten: dass Josef wenig zu diesen Themen sagte, bis dann Amalia ihre Mutter anfuhr, sie solle aufhören, ihren Freund ständig als Afrikaner zu behandeln. Er sei Deutscher.

Entsetzen, Entgeisterung. So hätten sie es doch gar nicht gemeint.

Manchmal allerdings konnte sie Josef nicht folgen, wenn er zum Beispiel aus Wut über faule Äpfel, die man ihm angedreht hatte, das mit Rassismus erklärte. Oder wenn er die Lehrerin, die seinen Vornamen konsequent mit ph am Ende schrieb, der Ausgrenzung bezichtigte.

»Warum das denn?«, fragte sie ihn verständnislos.

»Sie weiß selbstverständlich, dass ich mich mit f schreibe, aber sie nimmt die englische Schreibweise, um mir zu zeigen, dass ich für sie nicht dazugehöre, dass ich ein Fremder bin.«

»Das glaube ich nicht«, hätte sie am liebsten gesagt.

Aber sie verstand, warum er empfindlich war. Und hatte man ihm nicht eines Nachts, als er auf dem Weg von einer Kneipe nach Hause war, aufgelauert und mit einem Faustschlag das Nasenbein gebrochen, drei Männer, die Josef nicht kannte, die nicht sagten, warum sie ihn attackierten? Es konnte nur Rassismus gewesen sein.

Es war Amalia daher, glaubte sie, unmöglich, Josef damit zu konfrontieren, dass sie ein Kind von ihm abtreiben würde. Sie schwieg, bis es passiert war, in einer Arztpraxis, mit einer Pille, nach deren Einnahme sie lange auf einer Krankenpritsche lag, ihre Mutter an ihrer Seite, ihre Hand haltend. Zu Hause starke Blutungen, die mit Medikamenten gestillt wurden. Josef hielt sie mit einer Ausrede von sich fern, und dann, nachdem sie sich erholt hatte, machte sie Schluss und floh in den Käfig mit den Nadelstreifen, in die driftende Festung.

Später warf sie sich in erster Linie vor, dass sie die Abtreibung nicht mit Josef besprochen hatte, wechselte aber von dort schnell zu dem Gedanken, dass dies ein Zeichen dafür sei, dass in ihrer Beziehung etwas grundsätzlich nicht gestimmt habe. Die Trennung also gerechtfertigt war.

Sie sah auf die Uhr.

»Noch zwei Minuten. Sag mir noch etwas anderes, Josef, lass mich nicht mit diesem Satz zurück.«

Er schwieg.

»Ich brauche einen anderen Satz für das, was mir jetzt bevorsteht.«

Ein Schuss krachte, Josef kippte zur Seite, fiel aus dem Boot. Amalia schaute zum Pick-up, wo der eine Mann sein Gewehr senkte, der andere sein Fernrohr. Sie stiegen ein und fuhren davon.

Erst jetzt nahm sie wahr, dass sich ihr rechtes Ohr taub anfühlte, dass der Knall nicht aus der Ferne gekommen war, sondern aus unmittelbarer Nähe, dass ihr Kanu kurz geschaukelt hatte, als der Schuss fiel. Sie wollte sich nicht umdrehen, tat es dann doch. Wie nun schon erwartet, hielt Bodo den Revolver in der Hand.

»Ich wollte nicht, dass du …«

»Sag bitte nichts. Dazu kann man nichts sagen.«

Nachdem sie Bodo an Land geholfen hatte, zog sie sich aus, glitt ins Wasser, fand Boden unter den Füßen und ging zu Josefs Leichnam, der mit dem Gesicht nach oben durch das Fließ trieb. Sie strich ihm zärtlich über den Kopf, bugsierte ihn dann zum Ufer, zog ihn vorsichtig an Land. Lange saß sie neben Josef, merkte nicht, wie ihr die Mücken das Blut aussaugten.

Erst als Bodo nach einem Schmerzmittel fragte, wachte sie aus ihrer düsteren Trance auf, durchwühlte Josefs Apothekertasche, las die Beipackzettel und gab Bodo das Medikament, vor dessen Missbrauch am schärfsten gewarnt wurde. Sie holte zwei Schlafsäcke aus einem der Kanus, half Bodo mit dem einen, kroch in den anderen und schlief, nach langem Wachliegen und In-die-Nacht-Horchen, für wenige Stunden.

XXI

Sie wurde wach, weil es regnete. Die Tropfen kitzelten ihr Gesicht, sie richtete sich auf und sah einen schwarzen Stocherkahn am Ufer liegen. Auf der hinteren Bank saß eine Gestalt, die Amalia zunächst nicht erkennen konnte, weil sie in ein Regencape gehüllt war.

»Wer sind Sie?«

»Ich bin der Peter.«

Der Mann warf die Kapuze zurück, und Amalia erkannte den Gehilfen der Bootsverleiher. Ein törichtes Grinsen, Tropfen auf seiner Lesebrille.

»Ich soll Sie und die Boote zurückbringen.«

»Wer sagt das?«

»Die Chefin.«

»Ich müsste erst austreten. Könnten Sie wegschauen?«

Mit einer übertriebenen Geste wandte Peter den Kopf ab. Sie ging ein Stück in die Wiese hinein, hockte sich hin, behielt Peter im Blick, aber der schaute geflissentlich in die andere Richtung.

Bodo verabreichte sie eine weitere Schmerztablette, dann hob sie mit Peter den Leichnam in den Kahn, mied dabei dessen Blick. Bodo legte sich zu Josef, weil er es dort bequemer hatte. Die beiden Kanus band sie aneinander, das alles mit flinken, mechanisch wirkenden Bewegungen, als würde sie eine Arbeit verrichten. Ihre Hände hatte sie dick eingebunden, was es nicht viel besser machte. Egal.

Nach anderthalb Stunden erreichten sie eine Schleuse. Es hatte aufgehört zu regnen. Kinder standen am Ufer und sangen das Schleuserlied.

Endlich Empfang. Jede Menge Textnachrichten, die meisten von ihrer Mutter, drei von Marianne, eine von Josefs Frau, der Rest von Freundinnen, ein bisschen Tinder. Sie öffnete nur die Botschaften ihrer Mutter.

»Geht es euch gut?«

»Wo seid ihr?«

»Pass auf deinen kleinen Bruder auf.«

»Geh doch mal ans Telefon.«

»Ich mache mir Sorgen um euch.«

»Die Frau von Josef hat hier angerufen. Sie fragt sich, wo ihr Mann bleibt. Ich frage mich, wo meine Kinder bleiben.«

Ein schneller Blick auf eine Nachrichtenseite, die Welt schien im Großen und Ganzen die Welt geblieben zu sein, die Amalia vor einigen Tagen verlassen hatte. Und für diese Welt brauchte sie eine Erklärung, warum sie zu viert aufgebrochen waren, aber nur zu zweit zurückkehrten, davon einer mit einer Schusswunde. Nicht gleich, später, sie hatte noch Zeit, sich etwas zu überlegen, was Bodo das Gefängnis ersparen würde. Da durfte ihr Brüderchen auf keinen Fall rein.

»Was machen wir mit Josef?«, fragte Bodo.

»Den nehmen wir mit. Er bleibt auf keinen Fall hier. Und du gehst hier auch nicht ins Krankenhaus.«

184

Peter stocherte den Kahn durch eine Kathedrale, an deren Ende der Priester und seine Gefolgschaft ein Kirchenlied sangen, so versunken, so innig, dass sie Amalia nicht anschauten, während sie jedes einzelne Gesicht fixierte. Eine Herde Strauße, Häuser, ein Dorf, der Gartenzwerg mit dem erigierten Penis, der Bootsverleih. Amalia stöberte nach dem Autoschlüssel in Josefs Gepäck, fand ihn in einer Seitentasche. Dann trug sie Josef zusammen mit Peter zum BMW, legte ihn auf die Rückbank, half Bodo beim Einsteigen, holte sich die Kaution, stieg ein und fuhr los.

Der Feldweg, erster Gang, zweiter Gang, dann die Landstraße, sie gab Gas, dritter Gang, ein leichtes Ruckeln, sie hatte die Kupplung zu früh kommen lassen. Bodo stöhnte auf.

Amalia brauchte nur wenige Kilometer, um sich mit dem BMW vertraut zu machen, dann kannte sie den Druckpunkt der Kupplung und wusste, wie der Motor aufs Gaspedal reagierte. Sie glitten zügig dahin, vor den Kurven bremste sie nur wenig, drosselte das Tempo vor allem, indem sie Gas wegnahm und dabei beinahe unmerklich runterschaltete. Auch dafür hatte sie bald einen Rhythmus gefunden. Bodo war eingeschlafen.

Als sie aus einem Wald kam, tauchte vor ihr ein weißer Pickup auf. Sie überlegte nicht lange, gab Vollgas, zog an dem Wagen vorbei, ohne nach rechts zu schauen, darauf gefasst, dass der Fahrer nach links ziehen würde, aber das tat er nicht. Sie schaute in den Rückspiegel, der Pick-up blieb bei seinem gemächlichen Tempo, trotzdem fuhr sie ein paar Stundenkilometer schneller als zuvor, steuerte die Kurven von außen an, bremste härter, zog abrupt nach innen und gab am Scheitelpunkt schon wieder Gas. Bodo schlief so tief, dass er die Schaukelei nicht bemerkte. Nach ein paar Minuten sah sie den Pickup nicht mehr. »Fabian wäre zufrieden mit dir«, dachte sie.

Auf der Autobahn malte sie sich die Zukunft aus, die Bodo und ihr bevorstünde. Die erste Begegnung mit den Eltern, die Blicke der Mutter, die sagen würden, sie habe es ja gleich gewusst. Aber was? Dies würde ungesagt bleiben. Das Entsetzen des Vaters, gescheitert mit beiden Kindern. Tränen. Weil sie sich ihren Vater weinend vorstellte, weinte sie selbst und senkte dabei den rechten Fuß, 180 statt 170.

Der Besuch bei Marianne, der Witwe, bei Maik und Lilla, die jetzt Halbwaisen waren. Die Übergabe von Geros Armbanduhr. Was sollte sie da sagen? Dass er leben könnte, wenn er nicht feige geflohen wäre? Undenkbar. Was dann? Welche Worte würden passen? Gab es die überhaupt? Sie suchte nicht danach, dachte kurz an das Paar, das nun kinderlos bleiben würde. Ihr egal. Diese Schuld lehnte Amalia ab.

Am schlimmsten: Josefs Frau, nun ebenfalls Witwe und alleinerziehende Mutter. Wie sollte sie ihr gegenübertreten, womöglich mit einem Kind von Josef im Bauch? »Einem Bruder ist die Schwester näher als der Freund, wenn es denn eine so tiefe Geschwisterliebe ist wie bei meinem Bruder und mir.« Oder »so große Liebe« statt »so tiefe«? Wie sollte sie das ausdrücken? Sie übte eine kleine Rede, die sie in ihrer Vorstellung direkt in das Gesicht von Josefs Frau sprach. Bis daraus das Gesicht einer Richterin wurde.

Ein Prozess, damit war zu rechnen. Wegen Totschlags, wegen Mords, Amalia wusste es nicht. Wie lauteten die rechtlichen Kriterien zur Unterscheidung des einen vom anderen?

Niedertracht, war es das? Hatte Bodo niederträchtig gehandelt, um sich und seine Schwester zu retten? Oder war das ein mildernder Umstand? Für sie würde es dann wohl um Beihilfe gehen, zum Mord, zum Totschlag, je nachdem. Gefängnis für Bodo, Bewährung für sie, oder auch ein paar Jahre Haft?

Freispruch? Das war doch möglich, oder nicht? Sie klammerte sich für eine Weile an diesen Gedanken, bis er seine besänftigende Wirkung verlor. Sobald dieser Fall bekannt würde, und das war wohl nicht zu vermeiden, würden Bodo und sie in den sozialen Netzwerken als Rassisten beschimpft werden. Und nicht nur dort. Sie sah schon die Plakate in der Universität vor sich, hörte die Anfeindungen im Seminar. Man würde sie dort erst gar nicht mehr reinlassen. Dazu die falschen Sympathisanten, der hämische Jubel, richtig gemacht, gut so.

Das Leben ohne Josef, ohne die Hoffnung, eines Tages wieder mit ihm zusammen zu sein. Dafür lagerten doch die beiden Eier aus ihrem Unterleib in einem Gefrierfach, wenn sie ganz ehrlich mit sich war. Oder etwa nicht? Fabian tot, Josef tot, wie sollte sie damit weiterleben?

Als sie auf den Tachometer schaute, berührte die Nadel beinahe die 200. Flache Landschaft, kaum Lichter. Sie passierte eine Tankstelle, auf deren Parkplatz Lastwagen aufgereiht waren wie schlafende Dinosaurier. 220. Eine lang gezogene Linkskurve, Amalia ging nicht vom Gas, der BMW senkte sich links in die Stoßdämpfer, sie spürte die Fliehkräfte in ihrem Körper, den Druck, der auf den Vorderrädern lag, in den Händen und Armen. Das Heck wurde unruhig, sie lenkte gegen, aber nicht mit letzter Entschlossenheit, trat dann noch stärker aufs Gaspedal.

Sollte diese Publikation Links auf Webseiten Dritter enthalten,
so übernehmen wir für deren Inhalte keine Haftung,
da wir uns diese nicht zu eigen machen, sondern lediglich
auf deren Stand zum Zeitpunkt der Erstveröffentlichung verweisen.

Penguin Random House Verlagsgruppe FSC® N001967

1. Auflage
Copyright © 2022 Penguin Verlag
in der Penguin Random House Verlagsgruppe GmbH,
Neumarkter Str. 28, 81673 München

Umschlaggestaltung: Sabine Kwauka
Satz: Leingärtner, Nabburg
Druck und Bindung: GGP Media GmbH
Printed in Germany
ISBN 978-3-328-60171-5
www.penguin-verlag.de

DIRK KURBJUWEIT

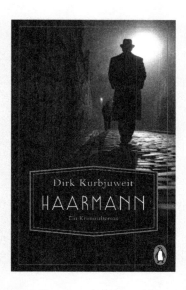

Ein literarisches Epochenbild rund um den legendären »Totmacher«

Psychologisch raffiniert und extrem fesselnd inszeniert Dirk Kurbjuweit den spektakulärsten Serienmord der deutschen Kriminalgeschichte und ergründet zugleich die dunkle Seite der wilden 1920er-Jahre. »Haarmann« führt in ein Zeitalter der traumatisierten Seelen, der politischen Verrohung, der moralischen Verkommenheit. So wird aus dem pathologischen Einzelfall ein historisches Lehrstück über menschliche Abgründe.

»Ein wahrer Roman Noir.« *Hamburger Abendblatt*

»Dirk Kurbjuweit verarbeitet den Fall zu einem spannenden Krimi und vielschichtigen Gesellschaftsporträt der frühen Weimarer Republik.« *Stern Crime*

»Atmosphärisch großartig, bestens recherchiert.« *Hessischer Rundfunk*

»Packendes, intelligentes Lehrstück über menschliche Abgründe mit politischen Bezügen.« *Playboy*